Rüdiger Marmulla

Jenseits des Nadirs

W0085746

Novellen

Die Charaktere und Ereignisse in diesem Buch sind frei erfunden. Jede Ähnlichkeit mit wirklichen Personen, seien sie lebendig oder verstorben, ist zufällig und nicht vom Autor beabsichtigt.

Bibliografische Information der Deutschen Nationalbibliothek
Die Deutsche Nationalbibliothek verzeichnet diese Publikation in der Deutschen Nationalbibliografie; detaillierte bibliografische Daten sind im Internet über https://dnb.de abrufbar.

Druck: epubli – ein Service der neopubli GmbH, Berlin

Inhaltsverzeichnis

Vorwort

Die Novellen von Rüdiger Marmulla gehen unter die Haut und direkt ins Herz. Feine Schwingungen erzeugen eine leicht ungute Vorahnung und ein Gänsehautgefühl. Sie weisen auf problematische Unvollständigkeit, Ferne und Unerreichbarkeit hin. Sie machen die Novellen zur Fundgrube eigener Überlegungen. Der Autor schafft es, Kitsch und Wohlfühlecken draußen zu lassen. Die Novellen helfen mit ihrem offenen Ende, sich persönlich weiterzuentwickeln. Das kleine Frösteln, das sich beim Lesen einstellt, spiegelt eigene Probleme wider. Ähnliche Kälte kennt der Leser vielleicht aus seinem eigenen Erfahrungshorizont. Das ist Lesestoff, wie man ihn sich wünscht: hintergründig und zum Nachdenken anregend. „Das macht etwas mit mir", ist mein Fazit nach dieser sehr empfehlenswerten Lektüre.

Margit Helten, Karlsruhe im September 2024

Raue Ufer

„Was darf ich ihnen bringen?"

„Danke. Ich warte auf meine Tochter. Wir bestellen dann gemeinsam, wenn sie da ist." Ich bin froh, dass ich noch einen Tisch mit zwei freien Plätzen im Garten des Cafés gefunden habe. Bei dem schönen spätsommerlichen Wetter ist doch einiges los in der Stadt.

Die Bedienung lächelt mich an und wendet sich dem nächsten Tisch zu. Sie ist jung. Sie könnte kaum älter als Clara sein. – Wie Clara wohl inzwischen aussieht? Ob sie einen Freund hat? Wie es wohl in der Schule für sie läuft? Ob sie schon Pläne für ihre Zukunft hat?

Ich bin ziemlich aufgeregt. Ich habe mir ein schickes blaues Oberhemd gekauft, trage neue weiße Sneaker zu meiner dunkelgrauen Jeans und war gestern noch beim Friseur. Ich möchte Clara gefallen. Ich schaue noch einmal in mein Handy und kontrolliere mit der Kamera, ob meine Haare gut sitzen. Ja, es ist OK. Ich stecke das Mobiltelefon wieder weg. Ich rücke das kleine Geschenk, das ich für meine Tochter mitgebracht habe, auf dem runden Tisch zurecht. Es ist in ein Papier eingepackt, das unzählige rote Herzen trägt. Ich bin gespannt, was sie dazu sagen wird. Das Geschenk ist so bedeutsam, dass ich es Clara nicht einfach so mit der Post zusenden wollte. Ich will es ihr in jedem Fall persönlich überreichen. Ich bin gespannt, wie sie reagiert, wenn sie es öffnet. Ob es Erinnerungen an früher in ihr weckt? Das hoffe ich, das wünsche ich uns beiden.

Während ich hier sitze und auf sie warte, muss ich an unsere letzte Zeit denken, die wir zusammen hatten. Das war vor fünf Jahren. Zusammen mit Frieda unternahmen wir einen Abendspaziergang. Wir liefen entlang der Mammutbäume, die vor fast zweihundert Jahren im Stadtwald angepflanzt worden sind und die im Laufe der Zeit eine stattliche Höhe erreicht haben. Zwischen den Baumwipfeln machten wir im Abendrot plötzlich drei Fesselballone aus, die lautlos über uns hinweg schwebten. Einer der Ballone war dunkelblau und trug goldene Sterne auf seiner Hülle. Clara zeigte mit der Hand auf den Ballon und schwärmte von seinen Farben: „Schaut nur. Ich würde zu gerne mitfliegen."

Und mit einem Mal will etwas Schwermütiges nach mir greifen. Dieser Abend war ein Abschied für eine lange Zeit – ich hoffe, nicht für immer. Clara war damals zehn Jahre alt. Sie sprang und hüpfte vergnügt zwischen meiner Frau und mir auf unserer Wanderung durch den Park mit den verschiedensten Baumarten Nordamerikas.

Keiner von uns hätte damals den Ernst dieser Stunde geahnt. Denn am nächsten Tag verließ ich meine Familie, ich verließ Deutschland. Und wir sollten uns bis heute nicht wiedersehen. Das Gespräch, das wir führten war schlicht und ohne eine tragische Tiefe. Einem Abschied für immer war es wohl nicht angemessen, würde ich heute sagen. Wir plauderten ganz entspannt über Claras neues Schuljahr, über Friedas Pläne und meine Abreise.

Ich schaue mich um. Eine Straßenbahn hält eben an. Das könnte ihre Linie sein. Nach kurzem Aufenthalt und dem Schlagen einer Glocke setzt sie ihre Reise fort. Unmittelbar danach passieren mehrere Menschen den Fußgängerüberweg. Nein. Clara ist nicht dabei. Da bin ich mir sicher. Niemand von den ausgestiegenen Personen ähnelt unserer Tochter. Zumindest vermute ich das. Ich habe die letzten fünf Jahre kein aktuelles Bild meiner Tochter gesehen. Ich könnte mich also irren.

Als niemand der Passanten den Weg ins Café einschlägt, bin ich mir schließlich sicher, dass Clara nicht in der Gruppe der Personen ist, die gerade von der Straßenbahnhaltestelle kommt. Ich atme tief und reibe meine Augen. Alles ist gut.

Ich blicke auf meine Uhr. Ich bin früh dran. Ich wollte auf keinen Fall riskieren, dass Clara auf mich warten muss. Jetzt geht es auf drei Uhr – unsere vereinbarte Zeit.

Erneut kommt die junge Kellnerin auf mich zu. „Darf ich ihnen doch schon einmal etwas bringen?"

Ich schüttele den Kopf. „Danke. Das ist nett. Mein Gast kommt jeden Moment. Ich möchte mit der Bestellung noch warten."

Sie geht wieder.

Ich habe Clara viele Briefe geschrieben – auf keinen bekam ich eine Antwort. In der ersten Zeit sandte ich ihr regelmäßig Briefe mit Stickern. Clara liebte Sticker, als ich sie das letzte Mal sah. Ihre Favoriten waren Märchensticker mit Prinzessinnen und Prinzen. Und mit Hochzeitskutschen. Ihr Zimmer war vollgeklebt mit Stickern. Und jeder sagte ihr: „Der Papa denkt an dich." Aber das ist lange her. Clara ist jetzt fünfzehn Jahre alt und eine junge Dame. Mit Stickern werde ich sie heute nicht mehr erfreuen können. Und ein Prinzessinnenpapa bin ich wohl auch nicht mehr für sie.

Seit ich wieder in Deutschland bin, habe ich ihr mehrere Vorschläge für ein gemeinsames Treffen gemacht. Aber auf keine Einladung ging sie ein. Diesmal machte ich alles anders. Ich machte einen Terminvorschlag an ihrem Heimatort – und ich schrieb ihr, dass ich in jedem Fall im Café auf sie warten werde. – Und hier sitze ich nun. Ich bin sehr nervös. Aber die Stimmung ist gut. Ich bin so sehr gespannt, wie Clara heute aussieht, wie sie sich kleidet, welche Musik sie hört, welche Bücher sie heute liest.

Wieder schaut die Kellnerin zu mir. Es ist inzwischen Viertel nach drei. Einen Espresso könnte ich mir ja bestellen. Dann bekommt die Kellnerin zumindest keinen Ärger, dass sie an meinem Tisch noch nichts serviert hat. Ich nicke ihr zu.

Sie kommt. „Was darf ich ihnen bringen?"

„Darf ich bitte einen Espresso haben? Die eigentliche Bestellung kommt dann, wenn meine Tochter da ist."

Die Kellnerin nickt und geht.

Wie konnten uns die vergangenen fünf Jahre nur so tief entzweien? Clara war meine Papatochter. Wir waren unzertrennlich. Ich fühle ihre Hand in meiner. Ich fühle, wie sie sich immer an mich herangekuschelt hat. Ganz besonders intensiv denke ich jetzt daran, dass sie mich immer gebeten hat, Geschichten zu erfinden und ihr zu erzählen. Zusammen mit Frieda konnten wir auch schon einmal einen ganzen Samstagvormittag am Frühstückstisch sitzen und plaudern. Ja, ich war Claras Geschichtenerzähler. Meine Gedanken gehen weiter. Nun erinnere ich mich an ihr Querflötenspiel. Sie nahm Unterricht bei einer alten Dame, die selbst in jungen Jahren in der Philharmonie gespielt hatte. Als Clara ihren letzten Auftritt gab, den ich miterleben durfte, war ich wahrscheinlich aufgeregter als sie es war. Ob sie auch heute noch ihr Musikinstrument spielt? In mir tauchen so viele Fragen auf, wie sie wohl heute ist, welche

Vorlieben sie heute hat, wer ihre Freunde sind. Ich bedaure im Moment, dass ich entscheidende Jahre in ihrem Leben verpasst habe. Diese Jahre können wir nicht mehr zurückholen. Der Gedanke schmerzt. Ich beiße mir auf die Lippen.

„Ihr Espresso", die Kellnerin stellt die kleine Tasse und einen Zuckerstreuer vor mich hin.

„Danke." Wieder schaue ich auf meine Uhr. Vielleicht habe ich mich in meinem Brief auch verschrieben? Habe ich vielleicht vier Uhr statt drei Uhr als Termin für unser Wiedersehen vorgeschlagen? Ich kann es nicht mit Sicherheit sagen. Es geht jedenfalls auf halb vier zu. Und ich habe noch Hoffnung, dass sie erscheint. Ich schütte Zucker in meinen Espresso, ohne umzurühren. Ich mag es, wenn der Espresso nach unten hin immer süßer wird, wenn man ihn trinkt. Ich nehme einen Schluck und sehe mich noch einmal um. Kommt Clara? Kann ich irgendwo eine junge Frau auf der Straße entdecken, die ihr irgendwie ähnlichsehen könnte? – Nein.

Es gibt Momente im Leben, da verdichtet sich die gesamte Existenz zu einem Punkt. Solch einen Moment scheine ich jetzt zu erleben. Ich weiß gar nicht, welchen Gedanken ich über Clara zuerst denken soll. Tausend Gefühle und Erinnerungen spielen sich gerade in meiner inneren Welt ab. Und ich fühle, dass dieser Tag heute wichtig, ja entscheidend für unsere Beziehung zueinander ist.

Ich denke an Claras Geburt. Es war mit Gewissheit einer der schönsten Tage meines Lebens. Frieda und ich waren gerade ein Jahr verheiratet. Wir haben sehr jung geheiratet, wir steckten beide noch in unserem Informatikstudium. Ich habe es nie bereut, mich so früh gebunden zu haben. Nebenher programmierte ich für eine Softwarefirma und konnte uns so während der Ausbildung als junge Familie ganz gut über Wasser halten. Clara war im ersten Moment ganz grau und atmete nicht. Dann nahm die Hebamme die Kleine, fasste sie bei den Füßen, drehte sie mit dem Kopf nach unten und gab ihr einen Klaps auf den Po. Da begann sie zu schreien und zu atmen. Jetzt wurde sie ganz rosig und sah sehr lebendig aus. Die Hebamme legte Clara auf Friedas Brust, und ich durfte mich zu den beiden setzen. Sie hatten es geschafft – meine zwei tapferen Frauen.

Ich denke an Claras erste Schritte. Kurz zuvor hatten wir ihr ein Paar Kinderschuhe gekauft. Nach wenigen Schritten fiel sie in meine Arme. Sie lachte. Und ich streichelte ihren Kopf. Und ich will auch nicht ihre ersten Worte vergessen. Ihren Schnuller nannte sie „Bulle". Ich habe keine Ahnung, wie sie auf dieses Wort kam. Möglicherweise war es ihr zu schwierig, ein „Sch" auszusprechen.

Als sie älter wurde und Frieda ein Jahr nach mir ihr Examen ablegte, hatten wir viele Papa-Tochter-Momente, weil ich meiner Frau den Rücken zum Lernen freihielt. Diese Zeit mit Clara bleibt unvergesslich, unersetzlich, unendlich kostbar. Ob sich unsere

Tochter auch an diese Zeiten noch erinnern kann? Vielleicht nicht so wie ein Erwachsener es tut – aber es kann ein Gefühl von Nähe und Geborgenheit geblieben sein. Das hoffe ich zumindest.

„Darf ich den Stuhl haben, der an ihrem Tisch steht?" Ein Mann baut sich vor meinem Tisch auf, weil er für seine Gäste anscheinend noch eine weitere Sitzgelegenheit braucht.

„Nein. Meine Tochter kommt jeden Moment. Ich brauche den Stuhl noch. Entschuldigen Sie bitte."

Der Mann verzieht seine Miene und verlässt mich.

Wieder fällt mein Blick auf die Uhr. Wir haben Viertel vor vier. Jetzt bin ich mir sicher, dass ich vier Uhr als Termin für unser Wiedersehen vorgeschlagen habe. Mit drei Uhr habe ich mich einfach geirrt. Alles ist gut.

Als ich in die heiße Phase meiner Promotion rückte, hielt mir umgekehrt Frieda wieder den Rücken frei. Ich entwickelte ein System zur Simulation chirurgischer Eingriffe. Besonders das Skalpell mit haptischer Rückkoppelung begeisterte nicht nur meinen Doktorvater, sondern die gesamte Fakultät. Man spürte, wenn man das Werkzeug in der Hand führte, den leichten Widerstand von Haut und Muskeln und den festen Widerstand des darunter liegenden Knochens. Meine Doktorandenzeit war eine sehr kreative Phase in meinem Leben.

Mich schaudert. Habe ich mein berufliches Fortkommen über meine Familie gestellt? Waren mir Simulationen und die zugehörigen Algorithmen wichtiger als Frieda und Clara? Meine Gedanken beginnen zu kreisen. Mit einem Mal zweifele ich an der Prioritätenliste, die ich mir damals gemacht habe. Habe ich die Zwei vernachlässigt? Kann ich mir selbst verzeihen, wie alles kam, welche Entscheidungen ich getroffen habe?

Eine einmalige Chance ergriff ich 2019. Mir wurde in Stanford eine Postdoc-Stelle angeboten. Stanford ist eine Topadresse in Computerwissenschaften. Hier wurde mir die Möglichkeit eröffnet, Seite an Seite mit Wissenschaftlern der NASA einen Simulator für rekonstruktive Operationen des Gesichts zu entwickeln. Mit Frieda diskutierte ich die Vor- und Nachteile einer Forschungstätigkeit im Ausland. In meinem Lebenslauf würde sich die Arbeit in Stanford in jedem Fall gut machen. Ich liebte die Herausforderungen, die mir die Stelle eröffnete, die mir angeboten wurde. Nachteil war natürlich, dass wir unseren Freundeskreis hinter uns zurücklassen mussten. Wir entschieden, dass ich in die Staaten vorausgehe und mir Frieda mit Clara nach einem knappen Jahr nachfolgt. Friedas Promotion stand in den letzten Zügen und sollte bis zum Sommer des folgenden Jahres abgeschlossen sein. Und für Clara endete das Schuljahr. Würden wir ein Dreivierteljahr Trennung verkraften? Das erschien Frieda und mir machbar. Wir entschieden über Clara hinweg. Sie war damals zehn Jahre alt. Wir sagten ihr, dass ich eine längere Zeit weg sei und dass sie mir mit Mama nach dem Ende des Schuljahres folgen werde. Clara lächelte, als wir es ihr erklärten. Wir verkauften ihr die Sache als großes Abenteuer. Doch Frieda schrieb mir, dass Clara nach meiner Abreise von Woche zu Woche verlorener wirkte. Sie sagte immer wieder „Der Papa ist nicht mehr da." Das bereue ich heute unendlich. Wenn ich noch einmal entscheiden könnte, dann würde ich bei meiner Familie in Deutschland bleiben. Allerdings konnten wir zum Zeitpunkt unserer Entscheidung nicht absehen, dass eine Pandemie im Anmarsch war, die zur Streichung sämtlicher planmäßiger Flugverbindungen in die Staaten führen würde. Flüge für Rückführungen in die Heimat wurden zwar noch durchgeführt, aber ein Nachzug nach Stanford wurde meiner Familie damals verwehrt. Meine Gedanken kreisen jetzt um das Gefühl des Verlorenseins unserer Tochter. Und eine tiefe Reue will in mir aufsteigen.

Es war Herbst 2019, als mich Frieda und Clara zum Flughafen begleiteten. Ich checkte ein, gab mein Gepäck auf und ging so spät wie möglich zum Boarding, um noch jede Minute mit meiner kleinen Familie zu genießen. – Jetzt werde ich unruhig. Ich hätte bleiben sollen. Ich wollte, ich hätte damals schon gewusst, was ich heute weiß. Ich wollte, ich könnte mir selbst in der Vergangenheit zurufen: „Georg, bleib bei deiner Familie. Geh nicht weg." – Ich führe meine Hand zur Stirn und reibe sie. Ich kann die Zeit nicht zurückdrehen.

Doch dann schlägt mein Herz höher. Es ist vier Uhr. Gleich muss Clara kommen. Wie wird unsere Begrüßung sein? Ich mag sie so gern in meine Arme schließen. So, wie es das letzte Mal war, als wir uns voneinander verabschiedeten. Damals schaute ich ein letztes Mal zurück, nachdem ich die Kontrolle passiert hatte. Wenn ich es recht bedenke, wirkte Clara damals sehr klein und zerbrechlich neben ihrer Mutter. Und doch lächelten die beiden und winkten kräftig, als ich den Kontrollbereich verließ, um zum Boarding zu gehen.

Ich blinzele durch die Krone des Baums, unter dem ich Platz genommen habe, in den Himmel. Der Tag ist wie geschaffen für ein Wiedersehen. – Der Weg zu unserem Café ist für sie nicht weit. Sie wohnt mit der Straßenbahn kaum fünfzehn Minuten entfernt von hier.

Ich stelle mich aufrecht hin. Über das gesamte Café habe ich jetzt einen guten Überblick. Nein, niemand sucht mich. Von Clara ist weit und breit nichts zu sehen.

Die Kellnerin muss Dienstende haben. Jetzt kommt ein anderer Kellner und fragt mich recht forsch, was ich zu Essen bestellen möchte. Ich sehe ein, dass ich die zwei Plätze inzwischen schon anderthalb Stunden blockiere und nur einen kleinen Espresso getrunken habe. So rechnet sich kein Caféhaus. Ich schaue kurz in die Karte. Dann bestelle ich zwei Stück Käsekuchen, einen heißen Kakao und einen Kaffee. Ich vermute, dass Clara

Käsekuchen und heißen Kakao auch heute noch liebt. So war es früher – das ist meine letzte Kenntnis über ihre Vorlieben. Der Kellner verlässt mit einem Ausdruck von Zufriedenheit meinen Tisch.

Ich vermisse meine Tochter. Wie gern ich die Zeit zurückdrehen würde. Dass Clara auf keinen meiner Briefe antwortet, zeigt mir, dass sie tief verletzt sein könnte.

Mit einem Mal denke ich an unseren letzten Urlaub auf den Kanaren. Nicht jedes Ufer war zum Schwimmen und Baden geeignet. Nein, es gab auch raue Ufer, die aus erstarrter Lava bestanden. Hier war es für Taucher und Schwimmer gefährlich, denn wenn starke Wellen aus dem Atlantik kommen, dann kann ein Mensch sich im reißenden Wasser an dem scharfkantigen Gestein schwer verletzen. – Wenngleich heiße Lava beweglich und geschmeidig ist, erstarrt sie dennoch zu kaltem, spitzem und hartem Felsen.

Ist es mit den Entscheidungen, die im Lauf der Zeit getroffen wurden, vielleicht ähnlich? Ist das Zerbrechen der Familie noch frisch, dann sind das Entscheiden und Handeln noch im Fluss. Doch wenn die Jahre ins Land ziehen, dann sind all jene Entscheidungen und Konsequenzen verhärtet und erstarrt – sie bilden einen gefährlichen Grund am Ufer, an dem man sich verletzen kann. Und die spitzen Felsen, die unter dem Wasser liegen, mögen den Augen zwar verborgen sein, doch sie bergen große Risiken, wenn man sich hier in den Fluten bewegen möchte. Man kann sich als Schwimmer schwere Verletzungen zuziehen. Ich presse die Lippen zusammen. Sicher gibt es bei Clara tiefe Verletzungen, nachdem ich so lange fort war und mich nicht um sie kümmern konnte. Ist es ein Zeichen ihrer inneren

Verwundung, dass sie auf meine Briefe nicht geantwortet hat? –
Ich will jetzt keine schweren Gedanken denken. Ich freue mich
auf sie. Ich will an das Schöne denken.

Ich drehe die Kuchengabel in meiner Hand. Ich kann ja
zumindest schon einmal mein Stück essen. Infolge der Fahrt
hierher hatte ich kein Mittagessen. Ich probiere ein Stück. Der
Käsekuchen ist gut. Und mein hungriger Magen wird etwas
besänftigt.

Das mit den Verletzungen ist sicherlich wahr. Wenn ich unsere
Beziehung zueinander neu ordnen und beleben möchte, wenn
ich eine Versöhnung möchte, dann werde ich sie um Vergebung
bitten müssen. Eine Generalentschuldigung wird das Beste sein,
das könnte möglicherweise ein Anfang sein, um unser Verhältnis
zueinander zu heilen.

Ich leere auch meine Kaffeetasse. Von Clara ist nach wie vor
nichts zu sehen. Es geht auf den späten Nachmittag zu. Ein
leichter Wind streicht durch die Blätter der Bäume. Ich schaue
auf meine Uhr. Es ist tatsächlich schon halb fünf.

Meine erste Zeit in Kalifornien steigt vor meinem inneren Auge auf. Es war nicht einfach, von Deutschland aus ein Dreizimmerappartement in Stanford anzumieten. Ich musste den Vertrag abschließen, ohne die Wohnung in Augenschein genommen zu haben. Sie lag allerdings nahe am Campus. Und die Bilder, die ich von der Immobilie sah, waren auch schön. Als ich die Wohnung schließlich das erste Mal betrat, durfte ich erleben, dass ich mich nicht getäuscht hatte. Es war die perfekte Wohnung für uns drei. Die ersten Überlegungen gingen zwar in die Richtung, dass ich zuerst etwas Kleines für mich allein suche. Aber dann hätte ich noch einmal umziehen müssen, wenn Frieda und Clara zu mir kommen. Die Entscheidung, gleich eine Wohnung für uns drei zu nehmen, war richtig. Ich hatte noch eine Woche frei, bevor meine Arbeit begann. Die Zeit nutzte ich – so gut es ging – die Wohnung zu möblieren. Als ich Claras Zimmer eingerichtet hatte, fühlte ich mich schon viel besser. Es war, als seien wir schon wieder zusammen. Auch für den Rest der Wohnung suchte ich eine Einrichtung aus, die auch Frieda gefiel. Dank des Internets konnte ich ihr vor jedem Kauf Bilder senden, und wir entschieden gemeinsam. Sobald alle Möbel an Ort und Stelle standen, fühlte es sich schon so an, als sei unsere Familie wieder vereint. Die Arbeit lief gut. Wir konstruierten einen Datenhandschuh, mit dem man simulierte Schädel anfassen und operieren konnte. Unser Chef war mit dem Fortschritt unserer Arbeit sehr zufrieden. Ein erstes Paper über unsere anfänglichen Erfahrungen, begleitet von einem Report unserer Chirurgen, war auf dem Weg.

Dann kam der Lockdown. Die Pandemie stellte unsere Welt auf den Kopf. Friedas und Claras Flug wurde ersatzlos gestrichen. Ich war grenzenlos traurig. Da nahm ich mir einen Mietwagen und fuhr zur Half Moon Bay. Ich ging am Pazifik spazieren und fühlte mich sehr einsam. Ich musste handeln. Ich musste eine Entscheidung treffen. Ich ging zum Ufer hinunter und zog meine Schuhe aus, um den Strand entlangzuwandern. Ich müsste meine Pläne ändern, denn ein Ende der Pandemie war nicht abzusehen. Und länger mochte ich nicht von meiner Familie getrennt sein. Ein Rückholflug. Das könnte die Lösung sein. Ich müsste eine Stelle zuhause in der Heimat finden, müsste in den Staaten kündigen und nachhause fliegen. Doch eine Universität nach der anderen lehnte in Deutschland meine Bewerbung ab. Es bestand ein Einstellungsstopp. Wir hatten keine Ersparnisse. In jedem Fall brauchten wir mein Einkommen. Ich wusste nicht ein noch aus. Die einzige Möglichkeit, die ich hatte, war, weiterzuarbeiten, weiter zu hoffen, dass die Pandemie zu Ende geht und auf eine Arbeitsstelle in Deutschland zu spekulieren. Als ich das Clara am Telefon sagte, war es sehr still auf der anderen Seite der Leitung. Mir war, als hörte ich ein kurzes Schluchzen. Weinte Clara? Mir war es in diesem Moment sehr schwer. Und ich wäre am liebsten sofort zuhause gewesen, um sie in die Arme zu nehmen und zu trösten.

Meine Uhr zeigt, dass es Viertel vor fünf ist. Sicher ist bei meiner Tochter etwas dazwischengekommen. Ganz sicher. Sie würde mich hier gewiss nicht allein sitzen lassen. Clara hing doch immer an mir. Nein. So viel ist sicher. Sie ließe mich hier nicht vergeblich warten, ohne mir abgesagt zu haben.

Die Pandemie und die Reisebeschränkungen hielten an. Da erreichte mich nach langer Zeit eine Nachricht von Frieda, an der ich innerlich zerbrach. Sie schrieb mir, dass sie in den zwei Jahren, die wir uns inzwischen nicht mehr gesehen hatten, einen anderen Mann kennengelernt habe – und dass es etwas Ernstes sei. Sie schrieb mir nicht, um wen es sich handelte. Ich rief sie sofort an. Nach mehreren Versuchen erreichte ich sie. Ich weinte. Ich bat sie, alles noch einmal zu überdenken. Aber Frieda blieb schmallippig. Sie wollte nicht reden. „Ich habe dir in dem Brief doch schon alles gesagt." Sie beendete das Gespräch schneller als mir lieb war. Ich erkannte sie nicht wieder. Was war geschehen?

Und Clara? Was sagte sie zu all dem? Ich versuchte danach mehrfach, Clara ans Telefon zu bekommen. Aber ich war stets erfolglos. Irgendwann gingen meine Anrufe komplett ins Leere. Niemand nahm mehr den Hörer ab.

Nach einem Vierteljahr kam der Scheidungstermin. Mittlerweile hatten wir uns zweieinhalb Jahre nicht mehr gesehen. Für den Termin musste ich einen Flug nach Deutschland buchen. Inzwischen wurden wieder vereinzelt Flüge angeboten. Die Richterin am Familiengericht fragte uns beide, ob wir in die Scheidung einwilligten. Frieda wurde zuerst befragt. Sie äußerte ein klares „Ja." Dann kam ich an die Reihe. Mir versagte die Stimme. Ich brachte nur ein knappes „Nein" heraus. Da schloss die Richterin die Akte und sagte: „Vor dem Ablauf von drei Jahren müssen beide Ehepartner in die Scheidung einwilligen. So kann ich Sie nicht scheiden." – Frieda sah nicht glücklich aus. Beim Verlassen des Gerichtssaals schaute sie mich von der Seite an und sagte: „Dann sehen wir uns hier in einem halben Jahr wieder. Mach's gut, Georg." – So viel war klar. Frieda war sich ihrer Sache sicher. Und ich fühlte mich innerlich ganz zerbrochen. Ich schaute mich vor dem Gerichtsgebäude um. War Clara hier irgendwo in der Nähe? Nein. Sie war nicht hier. Ich sah, wie Frieda zusammen mit ihrer Anwältin das Gericht verließ. Das war ein schwerer Tag für mich. Ein sehr schwerer Tag. Aus den Gerichtspapieren erfuhr ich, dass Frieda und unsere Tochter inzwischen unter einer anderen Adresse lebten. Ich kehrte wenig später in die Staaten zurück, ohne Clara gesehen zu haben. Jetzt bemühte ich mich umso mehr um einen schriftlichen Kontakt zu ihr. Leider hatte ich damit keinen Erfolg. Ob sich auch ihr Herz von mir abgewandt hatte? Dieser Gedanke war und ist für mich unvorstellbar. Es muss einen Grund geben, dass sie sich nicht zurückgemeldet hat. Vielleicht würde ich diesen Grund eines Tages erfahren. Dazu müsste allerdings die Sprachlosigkeit zwischen uns enden.

Es ist fünf Uhr. – Ich entschließe mich, das Café nicht hungrig zu verlassen. Einen Salat will ich in jedem Fall noch essen. Ich könnte ihn ja schon einmal bestellen und gebe dem Kellner ein

Zeichen. Er nimmt meinen Wunsch nach einem Caesarsalat und einem Mineralwasser auf.

Eventuell könnte ich ja einmal auf mein Mobiltelefon schauen. In einem meiner letzten Briefe habe ich ihr meine mobile Telefonnummer aufgeschrieben. Clara hat mich zwar all die Jahre nie angerufen – doch der Tag heute ist etwas Besonderes. Vielleicht hat sie mir ja auf die Mailbox gesprochen. Ich greife in meine Hosentasche und hole das Telefon heraus. Ich schalte es ein. Nein. Nichts. Keine Nachricht von Clara.

Habe ich mich vielleicht im Datum geirrt? Habe ich etwa den Sonntag anstelle des Samstags mit ihr ausgemacht? Jetzt bin ich mir nicht mehr sicher, was ich geschrieben habe. Ich könnte morgen ins Café zurückkehren. Ich atme tief durch. Das wäre tatsächlich eine Option. Mein Rückflug geht erst am Montag.

Die drei Jahre Trennungszeit waren kaum um, da hatten wir einen erneuten Termin vor dem Familiengericht. Jetzt war es gleichgültig, wie ich mich entschied. Friedas Begehren nach einer Scheidung musste die Richterin stattgeben. Ich wurde nur noch aus Formalitätsgründen gefragt. Nun antwortete ich auch mit einem „Ja". Der Gedanke, dass sich Frieda durch mich eingeengt fühlen könnte, war mir nicht erträglich. Sie sollte frei sein. – Ich hatte niemand Neues kennengelernt. Umso mehr hing ich nun an Clara. Ich wünschte mir so sehr ein Wiedersehen, dass ich mich beinahe krank vor Sehnsucht fühlte. Und dieses Gefühl ist bis heute nicht abgeebbt.

Mein Entschluss steht fest. Morgen kehre ich ins Café zurück.

Mittlerweile bringt mir der Kellner das Mineralwasser und den bestellten Salat, und ich greife nach dem Besteck und beginne zu essen.

Seit der Scheidung habe ich mich sehr in die Arbeit vertieft. Der erste Schmerz ist einem dumpfen, tauben Gefühl gewichen. Für Clara habe ich ein Märchen geschrieben, ausgedruckt und binden lassen. Es ist eines der Märchen, das ich mir früher einmal für sie ausgedacht und das ich ihr erzählt habe. Es war ihr Lieblingsmärchen. Ja, ich weiß – sie ist inzwischen für Märchen zu groß, sie ist den Geschichten um Prinzessinnen und Prinzen entwachsen, aber vielleicht weckt das in ihr vertraute Gefühle von früher. Ich lege meine rechte Hand auf das Geschenk, das ich in ein Papier mit vielen roten Herzen eingepackt habe. Fast streichele ich das Päckchen. Es ist für Clara, es ist für mein Kind.

Ich esse. Als ich fertig bin, erkenne ich, dass es bereits halb sechs ist. Der Abend will anbrechen. Ich blicke auf den nicht angerührten Kuchen und auf Claras Kakao, der inzwischen kalt sein müsste. Beim Anblick des unbenutzten Gedecks, des nicht angerührten Kuchens und Kakaos wird mir alles sehr schwer.

Ich könnte noch am Flussufer und auf den Wiesen gegenüber der Altstadt spazieren gehen. Ich hatte mir den Verlauf des Tages ganz anders ausgemalt. Jetzt schon in mein Hotelzimmer zurückzukehren, wäre mir entschieden zu früh. Und der spätsommerliche Abend lädt zum Spaziergang ein.

Ich winke dem Kellner. Es dauert nicht lang, dann ist er bei mir. „Was kann ich für Sie tun?"

„Ich möchte bitte zahlen."

„Soll ich den Kuchen für Sie einpacken?"

Einen kleinen Moment denke ich nach. Dann schüttele ich den Kopf. „Nein. Das ist nicht nötig." Ich zahle und greife dann nach meinem liebevoll verpackten Geschenk. Dann stehe ich zögerlich auf. Ich blicke mich ein letztes Mal um. Nein. Mein Mädchen ist nicht gekommen. Sie ist nicht da. Ich spüre, dass sich dieser Moment des Verlorenseins in mein Gedächtnis eingraben will. Aber das soll nicht geschehen. Sofort denke ich an unseren schönen letzten Spaziergang entlang der Mammutbäume. Ich denke an den dunkelblauen Fesselballon mit den goldenen Sternen auf der Hülle. Ich denke an die Milde und Geborgenheit jenes fernen Tages. Nur all dies Schöne soll in meinen Gedanken Raum finden.

Ich passiere die Brücke über dem Fluss und gehe hinab zu den Wiesen am Flussufer. Das Schloss thront majestätisch über der Altstadt. Ich fühle mit der rechten Hand das Geschenk, das ich mit mir trage. Ich wollte, ich hätte jetzt Clara an meiner Hand. Ich wollte, sie hätte sich über das Büchlein gefreut. Ich wollte, es wären nicht solch raue Ufer zwischen uns. Die Abendsonne taucht den Wald um das Schloss in ein goldenes Licht. Irgendwo dahinter kommt das Arboretum, der Park mit den nordameri-kanischen Bäumen. Er ist so fern, dass ich ihn nicht sehen kann. Zumindest nicht mit meinen Augen. Ich kann ihn nur erahnen – mit meinem Herzen. Meinen Augen bleibt er fern. Fern wie Clara.

Da kommt der Bootsverleih. Hier sind wir früher einmal an einem schönen Sommertag Tretboot gefahren. Es waren glückliche Tage. Frieda hat Clara und mich in dem Boot auf dem Fluss fotografiert. – Moment. Ich müsste das Foto noch in meiner Geldbörse bei mir tragen. Ich greife nach meiner Gesäßtasche und hole mein Portmonee heraus. Hier ist die Fotografie. Direkt hinter meinem Personalausweis. Ich hole sie heraus und betrachte das Bild. Die Ecken der Fotografie haben im Laufe der Jahre etwas gelitten. Kein Wunder – ich trage das Bild ja stets bei mir. Wie blau der Himmel und der Fluss damals waren. Und wie klein Clara neben mir auf dem Bild aussieht. Ich fühle eine schmerzliche Ferne. Die Rückkehr in diese alte, ferne Welt scheint mir verwehrt. Die Szene, die das Foto einfängt, wirkt ver-traut und fremd zugleich. Bin ich heute ein anderer als früher? Ist Clara noch dieselbe? Nein. Gewiss nicht. Sie hat sich weiterentwickelt. Sie ist heute eine junge Dame und kein Kind mehr. Sie hat neue Gedanken, neue Freunde, einen neuen Umgang. Ob sie zu Friedas neuem Mann „Papa" sagt? Diesen Gedanken schiebe ich schnell wieder zur Seite. Ich will hoffen, dass ihr der andere Mann nicht zum Ersatz geworden ist. Und doch steigt in mir die Frage auf, ob der neue Mann an Friedas Seite unserer Tochter auch Geschichten erzählt. Ich blicke auf mein Geschenk, das ich unter der Fotografie halte. Ich lege das Bild in meine Geldbörse zurück und verstaue sie wieder in meiner Gesäßtasche.

Ob in Clara auch traurige Gedanken aufsteigen, wenn sie alte Bilder anschaut? Ob da auch tiefe Wunden in ihr sind, dass ich so viele Jahre nicht für sie da war? Ich bereue meinen Fortzug in die Staaten so sehr. In diesem Moment wollen mich die Gefühle fast forttragen. Ich presse die Lippen zusammen und drehe mich einmal im Kreis.

Auf vielen Picknickdecken haben sich junge Leute versammelt und feiern den anbrechenden Abend. Einige lachen ausgelassen. Manche spielen mit einem Ball oder einer Frisbeescheibe. Andere essen und trinken munter. Früher einmal haben wir hier auch viel Zeit im Kreis unserer Kommilitonen verbracht. Alle Menschen sind voller Leben. Es scheint, ich bin der Einzige hier, der sich traurig fühlt. Es ist, als gehöre ich nicht hierher.

Ich überquere die Brücke, die auf der anderen Seite des Brückenkopfs von zwei runden Türmen flankiert wird. Zu meinem Hotel in der Innenstadt ist es nicht mehr weit. Ich passiere den Marktplatz und die Stadtkirche. Da ist das Hotel „Ritter". Nachdem ich an der Rezeption meinen Zimmerschlüssel entgegengenommen habe, kehre ich in mein Gästezimmer zurück. Hier habe ich heute Mittag nach meiner Ankunft nur eine kurze Rast eingelegt. Mein gutes Oberhemd hänge ich sofort auf einen Bügel. Da darf nichts drankommen, wenn ich morgen meine Tochter wiedersehe. Ich ziehe meine Sneaker aus und lege mich auf das Bett.

Das ist schon ein bisschen kurios, dass ich einen Tag vor unserem vereinbarten Termin im Café erschien. Nun, das kann passieren.

Meine Gedanken sind jetzt ganz bei Clara. Ich will ihr eine Brücke bauen. Ich will ihr einen Steg bauen, der sie sicher über das raue

Ufer führt. Wie ich das tun werde? Ich weiß es noch nicht. Ich bin Claras Geschichtenerzähler. Ich werde Phantasie genug haben, mir etwas für uns auszudenken. In dieser Geschichte sind Liebe, Geduld, Vergebung und Heilung gefragt. Ja, morgen ist ein neuer Tag. Morgen wird sich Neues ergeben, und es wird neue Möglichkeiten für ein Wiedersehen geben. Morgen sehe ich Clara. Morgen sehe ich mein Kind. Unter den schattigen Bäumen in unserem alten Jugendstilcafé am Bismarckplatz.

Rückkehr zu den Yosemite Falls

Flying Gasoline

Die Zapfsäule sah aus der Entfernung noch ganz gut aus, und ich hoffte, die Tankstelle in dieser einsamen Gegend sei vielleicht noch in Betrieb. Man erkennt, dass die Säule wohl einmal mintgrün lackiert war. Eine rote Farbschicht muss später darübergestrichen worden sein. Sie ist auf großer Fläche schon abgeblättert. Das mechanische Zählwerk steht auf „00.0" Galonen, das Benzin ist noch mit 49 Cents ausgepreist. Auch im Laden ist niemand zu sehen. Ich wende mich zu meinem Großpapa um und rufe ihm zu. „Das mit dem Tanken wird hier nichts. Das Geschäft hat geschlossen."

Er hat das Seitenfenster heruntergelassen. „Hier habe ich damals mit Marlene getankt. Ich kann mich noch gut daran erinnern. Es war ein heißer Sommertag – genauso wie heute."

Ich gehe um das Fahrzeug und steige zurück zu ihm in den weißen Chrysler. „Ich hoffe, ihr hattet damals auch schon eine Klimaanlage. Die flirrende Hitze draußen erschlägt einen."

„Ja, hatten wir, Christa. Ich erinnere mich, als sei es gestern gewesen. Gerald Ford war Präsident der Vereinigten Staaten, als deine Großmama und ich hier waren. Es wurde gerade die Zweihundertjahrfeier nach der Unterzeichnung der Unabhängigkeitserklärung begangen."

„Und ihr wart blutjung", erwidere ich.

Großpapas Augen schauen in die karge Landschaft, die vor uns liegt. Verdorrtes Gras und spärliche Büsche sind alles, was man hier seit vielen Meilen unter der Sonne Kaliforniens zu sehen bekommt – und nun die geschlossene Tankstelle. „Wir waren jung, ja. Man will es kaum glauben." Er sieht nachdenklich aus. Doch dann heitert sich seine Miene auf, und er blickt mir in die Augen. „Ich danke dir, dass du diese Reise mit mir machst. Es bedeutet mir unendlich viel."

„Gerne, Großpapa. Diese Reise ist nach meinem Schulabschluss auch für mich ein kleines Abenteuer. Der Sommer ist lang. Mein Medizinstudium wird erst im Oktober beginnen. Der Zeitpunkt ist goldrichtig für einen Urlaub."

Großpapa lächelt mich an. „Danke. Ich freue mich, dass du beruflich in meine Fußstapfen treten möchtest," Dann hält er inne und fragt mich: „Was hast du nach unserer Rückkehr nach Deutschland noch für den Rest der Ferien vor?"

„Ich habe eine Stelle für ein Krankenpflegepraktikum. Das Praktikum muss ich später einmal zum Physikum nachweisen."

„Das ist gut, dass du das Praktikum zeitig machst."

Ich schaue auf die Karte. „Wir haben jetzt die halbe Strecke zwischen San Francisco und dem Yosemite Nationalpark hinter uns. Ich hoffe, wir finden noch eine Möglichkeit zum Tanken. Für die Rückfahrt wird es nicht ganz reichen."

„Mache dir keine Sorgen, mein Kind." Großpapa strahlt eine große Ruhe aus.

Ich starte wieder unseren Wagen. Mittlerweile haben wir späten Vormittag. Der schönste Teil der Strecke war für mich heute Morgen die Fahrt durch die Obstplantagen. Unzählige Straßenstände mit Früchten haben wir gesehen. Und wir haben uns mit Pfirsichen und Kirschen eingedeckt. Ich zeige mit der Hand auf die braune Papiertüte mit dem Obst, die auf der Rücksitzbank liegt. „Magst du etwas essen?"

„Gern."

Ich reiche ihm die Tüte, und er isst mehrere Kirschen und zwei Pfirsiche.

Wir fahren wieder los. Ich sehe, dass es in Großpapas Kopf arbeitet. Er denkt nach. Er ist ganz in die Vergangenheit eingetaucht, ich sehe es ihm an. „Welches Jahr war das, als ihr Zwei hier in Kalifornien wart?"

„Das war 1976."

„Magst du mir von früher erzählen?"

Großpapa reibt sich mit der rechten Hand die Stirn. „Alles beginnt damit, dass ich deine Großmama unendlich geliebt habe. Meine Liebe zu ihr – das ist der Beginn der ganzen Geschichte. Es ist der Anfang von allem."

„Und ihre Zuneigung zu dir", setze ich nach. Jetzt rechne ich. „1976 – da war Papa noch nicht geboren."

„Nein. Er kam erst zwei Jahre später zur Welt."

„Wie war euer Leben, als ihr noch keine Kinder hattet?"

„Anders – es war anders. Und es war auch schön. Wir genossen die Jahre, die wir hatten." Er beißt sich auf die Lippen und sagt kein Wort mehr. Großpapa schwelgt in seinen Erinnerungen. Ich will jetzt nicht tiefer in ihn eindringen. Er wird von allein erzählen, wenn er das mag.

Yosemite Valley

Ich atme auf, als wir in bewaldetes Gebiet gelangen. Die Landschaft wird spürbar freundlicher. Ist er eingeschlafen? Ich greife nach seinem linken Arm. „Großpapa?"

Er schreckt auf. „Oh, da muss ich wohl kurz eingenickt sein."

„Um deinen Blutzucker wird es auch nicht gut stehen. Unser Frühstück hatten wir sehr früh. Hast du heute Morgen deine Tabletten genommen? Wir kehren im Yosemite Park in das erste Restaurant ein, das wir entdecken."

„Jawohl, Madam", erwidert er gut gelaunt und reibt sich die Augen. Dann weist er mit dem Zeigefinger auf das Tal, das vor uns liegt und in das wir hinabschauen können. „Das ist das Yosemite Valley. Wir haben es bald geschafft." Das Leben scheint in Großpapa zurückzukehren.

Der Fluss windet sich durch das bewaldete Tal. Im Hintergrund sieht man sehr hohe Gebirgszüge, die oberhalb der Baumgrenze aus blankem, nacktem Felsen bestehen. Nachdem wir solch eine karge Einöde hinter uns gelassen haben, ist dieser Ausblick auf die Baumwipfel eine echte Wohltat. Unsere Straße führt uns ins Tal hinab. Und dann passieren wir ihn – den Eingang zum Yosemite Nationalpark. Nur drei Fahrzeuge sind vor uns an der Kasse. Wir sind schon bald an der Reihe.

Ich lasse das Fenster der Fahrertür herunter. „Ich möchte bitte einen Standard Pass."

„Sie bleiben nur einen Tag?"

Ich schaue Großpapa an. Er nickt.

„Einen Tag. Genau."

„Das macht 35 $. Legen Sie den Pass gut sichtbar auf das Armaturenbrett. Dann können die Parkwächter ihn leicht überprüfen. Gute Fahrt."

Ich hebe die Hand zum Gruß und fahre den Waldweg, bis wir zum Merced River gelangen. Am Straßenrand sind zahlreiche Wohnmobile geparkt.

Großpapa macht sich bemerkbar. „Ich mag kurz aussteigen und die Landschaft genießen. Können wir anhalten und an den Fluss gehen, Christa?"

„Selbstverständlich." Ich stelle unseren Chrysler zwischen zwei Bäumen ab. Dann verlassen wir den Wagen. Hier im Wald und in der Nähe des Flussufers ist die Luft erstaunlich frisch und angenehm. Es ist kein Vergleich mit der Hitze, die an der verlassenen Tankstelle auf uns traf.

„Hier habe ich damals auch mit Marlene eine Rast eingelegt. Und ich habe im Fluss gebadet. Oh, das kalte Wasser aus dem Gebirge fühlte sich an wie tausend Nadelstiche. Aber als ich den Fluss nach dem Bad verließ, war ich ganz erfrischt."

„Das kann ich mir vorstellen."

„Es ist ein großes Glück im Leben, den einen Menschen zu finden, der dich liebt. Und den du liebst. Es ist ein tiefes Gefühl von Geborgenheit, von Wärme und Sicherheit." Großpapa schaut sich am Flussufer um.

Ich sehe ihm an, dass er am liebsten auch heute wieder im Merced River baden möchte. „Du magst alles ganz genauso tun, wie du es vor fünfzig Jahren gemacht hast, stimmt's?" Ich lächele ihn an.

Er nickt und blickt schweigend in den Strom. Dann schüttelt er den Kopf. „Das Schwimmen im Fluss traue ich mir nicht mehr zu. Ich will es heute auch nicht übertreiben. Ich stelle mir einfach vor, wie es damals war und wie es sich anfühlte."

„Ich kann mich an Großmama nicht mehr gut erinnern."

„Du warst kaum fünf Jahre alt, als sie starb. Da sind deine Erinnerungen nur schattenhaft. Das ist klar." Er presst die Lippen zusammen. „Lass uns zum Restaurant fahren. Es muss ganz in der Nähe sein. Ich erinnere mich, dass wir nach dem Baden im Fluss nicht weit fahren mussten, um essen zu gehen."

„Komm." Ich gehe ihm voran und öffne ihm ganz galant die Beifahrertür.

Mountain Room Restaurant

Das gemütliche Restaurant mit den großen Fensterflächen hat noch freie Tische. Während ich schon einmal zum Büfett gehe, verdrückt sich Großpapa kurz auf die Toilette. Die Auswahl am Büfett ist reichlich. Ich entscheide mich für einen Tuolumne Garden Salad und einen alkoholfreien Fountain Drink. Dann gehe ich zu einem freien Fensterplatz.

Großpapa kommt vom stillen Örtchen und schaut bei mir vorbei. „Ich haue heute mal richtig rein. Ich bin gleich bei dir." – Als er nach fünf Minuten zurückkehrt, hat er eine große Triple Crown Plate mit Pulled Pork, Chicken und veganem Barbecue Pork sowie einen Rotwein auf seinem Tablett. Er nimmt mir gegenüber Platz, und nun beginnen wir gemeinsam zu essen.

Er ist guter Dinge, und bestens gelaunt berichtet er mir von seinen Plänen für den Nachmittag. „Wir müssen unbedingt zu den Lower Yosemite Falls. Es ist herrlich, dort auf den Felsen zu sitzen und die Beine ins Wasser baumeln zu lassen. Du wirst es mögen."

„Lass mich raten. Das hast du auch mit Großmama damals so gemacht?"

„Ja. Das haben wir. Ich wollte diesen Moment noch einmal erleben. Ich habe all die Jahre an diesen Tag an den Yosemite Falls gedacht. Und nachdem Marlene von uns gegangen war, hatte ich umso mehr an unseren Ausflug hierher gedacht. Das erfrischende Wasser von den Yosemite Falls hat es mir angetan." Seine Augen glänzen, während er begeistert spricht.

„Wie kommen wir zu dem Wasserfall?"

„Wir fahren in Richtung Valley Visitor Center. Von dort aus nehmen wir den Fußweg. Eine Brücke führt dann zu den Lower Yosemite Falls."

„Du kennst dich aber noch gut aus."

„Ja. Ich habe meiner Erinnerung ein wenig nachgeholfen. Ich habe mich vor unserer Fahrt nochmals belesen und die Karte studiert." Großpapa lächelt. Und ich liebe es, dass er so vergnügt ist. Heute Morgen hat er in San Francisco beim Frühstück einen sehr in sich gekehrten Eindruck auf mich gemacht. Jetzt wirkt er sehr gelöst und heiter. Das freut mich sehr.

Ich schaue zum Himmel hinauf. Nur einige wenige und sehr kleine Wolken stehen über dem Nationalpark. Die Sonne strahlt ausgiebig über uns. „Du hast deine Mahlzeit tatsächlich geschafft. Ich war mir ja unsicher, ob du wirklich alles essen wirst."

Er nickt. „Lass uns aufbrechen."

Yosemite Falls

Der Wasserfall strömt schon, noch bevor wir ihn sehen können, ohrenbetäubend aus der Höhe herab.

„Da ist die Brücke", rufe ich Großpapa zu und sehe aus der Ferne nun die Yosemite Falls. Auf der Brücke sind vielleicht zwei Dutzend Menschen. Als wir die Brücke erreichen und überqueren, werden wir schon mit Wasser besprüht, das mit dem Wind von dem Wasserfall herübergetragen wird. Bei der Wärme des Tages ist das ein sehr angenehmes Gefühl auf der Haut.

Kaum haben wir die Felsen erreicht, zwischen denen sich das Wasser seinen Weg bahnt, sehe ich, dass Großpapa schon seine Schuhe auszieht. „Komm, Christa. Es ist herrlich hier." Er setzt sich auf einen großen Felsen und stellt seine Schuhe neben sich ab. Sein Blick zu mir ist absolut einladend. Großpapa hat Charme. Und seine blauen Augen sind sehr fesselnd. Er sieht noch ganz gut aus für sein Alter. Ich kann mir schon vorstellen, dass er auf Großmama einen sehr attraktiven Eindruck gemacht hat, als er sie kennenlernte. Die beiden waren gerade einmal zwei Jahre verheiratet, als sie ihre Reise nach Kalifornien unternommen haben. Von diesem Wasserfall hat Großpapa oft erzählt – besonders, nachdem Großmama verstorben war. Dieser Ort muss einen bleibenden Eindruck auf ihn hinterlassen haben. Auch ich ziehe jetzt meine Schuhe aus und setze mich neben ihn. Meine Beine reichen bis zu den Knien ins Wasser. „Hier kann man's aushalten", sage ich lächelnd zu ihm.

Und nun sagt Großpapa gar nichts mehr. Er schaut nur in die Flut, schmunzelt und sieht sehr glücklich aus. Ich bleibe still. Ich will ihm jetzt diesen Moment nicht kaputtmachen. Er ist jetzt ganz für sich – in seinen Gedanken, in seinen Erinnerungen.

Die Zeit vergeht. Nach einer Stunde frage ich ihn dann doch, ob wir unsere Wanderung nicht fortsetzen wollen. „Es gibt hier im Park noch so viel zu sehen. Wollen wir weiter?"

„Nein. Ich genieße das hier so sehr."

Ich entschließe mich, nicht mehr auf die Uhr zu schauen. Großpapa geht ganz in diesem Anblick des Wasserfalls auf. Ich gönne ihm diese Zeit von Herzen.

Als die Sonne schon deutlich tiefer steht, frage ich ihn, ob wir uns vielleicht doch ein Zimmer im Nationalpark nehmen wollen, um die weite Strecke nach San Francisco nicht heute noch zurückfahren zu müssen. „Wir können heute auch hier übernachten."

„Nicht nötig." Er schüttelt den Kopf. Dann sehe ich, dass er sich die Stirn reibt.

„Ist dir nicht gut?"

„Alles OK. Es ist alles gut, mein Kind. Ich bin gern hier. Es ist ein wundervoller Ort." Er bewegt seine Beine im Wasser. Er wirkt nun mit einem Mal sehr müde und erschöpft. Es dauert nicht lange, dann passiert, womit ich gar nicht gerechnet habe. Großpapa sackt in sich zusammen und fällt zur Seite. Ich erschrecke. Er bleibt aber auf dem Felsen und rutscht nicht in den Fluss unterhalb der Yosemite Falls. Allerdings fällt er hart auf den Stein. Ich vermute, dass er eine Platzwunde an der Schläfe hat. Im ersten Moment bin ich wie erstarrt. Doch dann besinne ich mich und hebe seinen Kopf an. Ich schüttele Großpapa an der linken Schulter. „Was machst du nur für Sachen?" Ich merke, dass er das Bewusstsein verloren hat. Ein Arzt. Wir brauchen einen Arzt.

Eine Frau in der Nähe zückt geistesgegenwärtig ihr Mobiltelefon. „Soll ich die 911 rufen?"

Ich nicke der Frau zu und halte Großpapa fest. Er atmet tief. Gott sei Dank, er atmet. Wie ist sein Puls? Er ist schnell, aber rein und regelmäßig. Hoffentlich ist bald ein Arzt da.

Die Frau winkt mir zu. „Ein Notarzt ist unterwegs."

„Danke." Ich schaue Großpapa an. Ist ihm hier alles zu viel geworden? Haben ihn die Erinnerungen an früher überwältigt? Er wird doch nicht hier, so weit von zuhause, sterben? Eine Frage nach der anderen jagt durch meinen Kopf. Und ich halte ihn. Ich halte ihn fest. So wie früher, als er mich festgehalten hat, als ich mich nach dem Absprung von der Schaukel verletzt habe. Oder als es mich bei einem Sprung über eine Stahlkette am Ende der Straße hingelegt hat. Großpapa war dann immer da und hat mich sicher und fest gehalten. Heute bin ich für ihn da. Mehrere

Passanten fragen, ob sie helfen können. „Ein Arzt ist schon unterwegs. Danke." Die Zeit zieht sich in die Länge.

Dann kommt Großpapa zu sich. Er wirkt schläfrig. „Mir ist so übel. Ich glaube, ich muss mich übergeben." Ich setze ihn auf, damit er nicht an seinem Erbrochenen erstickt. Aber er muss sich dann doch nicht übergeben. Ich merke ihm an, dass er rasende Kopfschmerzen haben muss. Er reibt sich unentwegt die Stirn.

Dann trifft die Notärztin ein. „Was ist passiert?" Sie fühlt nach Großpapas Puls.

„Er ist plötzlich zusammengebrochen."

„Ja. Ich sehe – er hat eine kleine Platzwunde an der Schläfe." Die Ärztin misst den Blutdruck. „Der ist OK. Gibt es irgendwelche Vorerkrankungen?"

„Er hat einen Diabetes mellitus, Typ II. Er nimmt Tabletten gegen seine Zuckererkrankung."

Die Notärztin schaut nun Großpapa in die Augen. „Können Sie mich verstehen? Haben Sie ihre Medikamente genommen?"

Als Großpapa nur die Lippen zusammenpresst und nicht antwortet, macht die Notärztin einen Blutzuckertest. Zumindest vermute ich das. Sie sticht ihm mit einer Lanzette in die Beere des linken Zeigefingers. Dann holt sie ein Messgerät heraus. Es dauert keine zwei Minuten, dann hat die Notärztin eine Diagnose: „Das ist ein hyperglykämischer Schock. Sie haben einen ganz entgleisten Blutglucosewert. Ich vermute einmal, Sie haben reichlich gegessen und ihre Medikamente nicht genommen." Die Ärztin sucht in ihrer Tasche eine Ampulle und zieht sie in einer Spritze auf. Nach dem Aufsetzen einer Kanüle erklärt sie uns, was sie tut. „Ich spritze ihnen jetzt Insulin, lege ihnen einen Zugang, hänge ihnen eine Infusion an und nehme Sie dann mit in die Yosemite Medical Clinic."

„Er muss stationär bleiben?"

„Er muss sich erst einmal stabilisieren. Und wir machen stündliche Kontrollen des Blutzuckers. Dann sehen wir weiter." Die Notärztin ist sich ihrer Sache sicher. Nach der Insulingabe wartet sie noch eine kurze Zeit. „Können Sie laufen? Wir unterstützen Sie auf dem Weg zum Ambulanzwagen."

Ich sehe, dass der Wagen hinter der Fußgängerbrücke steht. Dann schaue ich Großpapa in die Augen. „Schaffst du das?"

Er nickt. Und wir helfen ihm auf die Beine. Als wir den Fußweg erreicht haben, ziehe ich Großpapa die Schuhe an. Man sieht, dass er sich in sein Schicksal fügt. Er schließt für einen Moment die Augen, als wir noch einmal im Nebel stehen, der von den Yosemite Falls herüberweht. Nur einen kleinen Augenblick. Dann öffnet er wieder die Augen und geht mit uns. Schließlich erreichen wir gemeinsam das Krankenfahrzeug.

„Ich komme in die Klinik nach. Ich muss noch unseren Mietwagen holen."

„Tun Sie das", antwortet mir die Notärztin und fährt zusammen mit einem Sanitätskollegen und mit Großpapa im Ambulanzwagen davon.

In mir steckt noch der Schreck. Erst jetzt sehe ich, dass meine Hände zittern.

Yosemite Medical Clinic

Der Pfleger lässt mich in das klimatisierte Krankenzimmer mit den halbgeschlossenen Jalousien eintreten. Inzwischen hatte ich auf der Autofahrt hierher Gelegenheit, über alles nachzudenken. Hatte mir Großpapa nicht heute Vormittag fest versprochen, seine Medikamente genommen zu haben? Und dieser Exzess im Restaurant. Sonst isst er nicht so viel. Es hätte mir gleich seltsam vorkommen müssen. Welche Schlüsse ziehe ich daraus? Ich kann daraus nur einen Schluss ziehen. In mir steigt ein ungutes Gefühl auf, und ich ärgere mich über Großpapa.

Er schaut mich nicht an. Er blickt mit abgewandtem Kopf in Richtung des geschlossenen Fensters, durch das zumindest ein Schimmer des Abendlichts hineinstrahlt.

Und aus mir platzt es heraus. „Du bist so ein Egoist. Du lädst mich zu einem Trip nach Kalifornien ein, aber in Wirklichkeit willst du hier am Ort deiner Erinnerungen nur sterben. Dazu hättest du mich nicht hierher mitnehmen müssen."

Großpapa atmet tief durch. Und spricht immer noch nicht.

„Was hast du dir bei all dem nur gedacht?"

Jetzt wendet er sich mir zu und sagt mit leiser Stimme: „Entschuldige bitte."

„Wir sind seit vier Tagen ständig miteinander, und du sagst mir kein Wort, wie es dir geht und wie es um dich steht. Wie konntest du mich nur so hintergehen?" Immer noch bebe ich vor innerer Erregung. Großpapa ist mir seit heute sehr fremd. Ich hätte nicht solche Abgründe in ihm erwartet. Man kennt einen Menschen wohl nie ganz. Menschen sind unergründlich.

Er reicht mir seine Hand.

Ich setze mich an seine Bettkante und greife nach seiner Hand. „Hast du dir einmal überlegt, wie es sich für mich anfühlt, wenn du auf unserer gemeinsamen Reise in die Staaten einfach so stirbst – ich meine, mit Plan und Vorsatz stirbst?"

„Die Tage sind schwer. Jeder Tag ist schwer, seit Marlene nicht mehr da ist. Ihr habt mich all die Jahre noch gebraucht."

„Was meinst du damit? Denkst du, wir brauchen dich heute nicht mehr?"

„Als Marlene von uns ging, wollte ich schon meine Medikamente nicht mehr nehmen. Aber dann fühlte ich, dass ich euch noch etwas Gutes tun kann, dass ich euch noch etwas geben kann, dass ihr mich noch braucht."

„Ich kenne dich nicht wieder, Großpapa. Welche Gedanken gehen nur in deinem Kopf um?"

„Christa, ihr Enkel seid nun alle schon erwachsen. Ich weiß nicht, wie ich es sagen soll."

„Du meinst... du hast keine Aufgabe mehr? Das ist Unsinn. Dein Rat und deine Hilfe sind immer noch gefragt. Hast du dir einmal darüber Gedanken gemacht, wie ich das hätte verkraften sollen, wenn du mich hier in Yosemite auf diese Weise verlässt?" Ich schüttele den Kopf. Und dann merke ich, dass Tränen in meinen Augen stehen. „Ich liebe dich, Großpapa."

„Ach, Kind." Großpapa greift nun meine Hand noch fester.

„Ich vermute, du hast schon seit gestern deine Antidiabetika nicht mehr eingenommen, stimmt's?"

Er nickt und schweigt. Aber zumindest schaut er nicht mehr von mir fort. Nach einer Weile spricht er doch: „Ich liebe dich auch."

„Bitte sage mir von jetzt an, wie es um dich steht. Es ist unerträglich, wenn dich einsame Gedanken plagen, während du so tust, als seist du in Ordnung. Verstecke dich nicht vor mir."

„Ich bin es als Vater und Großvater gewohnt, meinen Kindern und Enkeln etwas zu geben und für sie da zu sein. Ich will euch keine Last sein. Eine Last zu sein, wäre mir unerträglich."

„War Großmama dir eine Last – die letzten Jahre, als sie so krank war?"

„Nein. Großmama war meine Liebe, mein Leben. Sie war mir nie eine Last."

„Siehst du. Und so geht es uns auch mit dir. Wenn man liebt, sind die Lasten klein, die man für den anderen mitträgt. Richtig schwer wird es für uns erst dann, wenn du dich uns durch dein Schweigen entziehst, wenn du mit uns nicht teilst, was dich innerlich bewegt."

„Tust du mir einen Gefallen? Fragst du die Ärztin bitte, ob wir gehen können? Ich möchte mit dir den Rückweg antreten. Ich mag nicht die Nacht über hier in der Klinik bleiben."

„Ich frage sie." Dann lächele ich ihn an. „Im Extremfall gehen wir gegen ärztlichen Rat und auf eigenes Risiko."

Jetzt zeigt er mir einen Daumen nach oben. Und ich verlasse das Zimmer, um nach der Ärztin zu suchen.

Richtung San Francisco

Ich ziehe die Augenbrauen nach oben. „Sie wollen dich nicht gehen lassen. Sie wollen noch tausend Tests mit dir machen."

„Kannst du mir den intravenösen Zugang rausziehen?"

„Ich denke, das bekomme ich hin." Ich suche im Zimmer nach einer sterilen Kompresse und mache mich an Großpapas Ellenbeuge zu schaffen. Nachdem ich das Pflaster entfernt und den Zugang herausgezogen habe, drücke ich mit der Kompresse fest auf die Ellenbeuge, damit es nicht nachblutet.

Da beugt Großpapa seinen Arm und hält die Kompresse mit der anderen Hand selbst. „Lass uns losgehen." Dabei schlüpft er in seine Schuhe, ohne sich bücken zu müssen.

Ich nicke. Und kurz darauf steigen wir vor der Klinik in unseren weißen Chrysler. Ich starte den Wagen und muss lachen. „Das war ein filmreifer Ausbruch."

„Das war es, ja." Großpapa überzeugt sich davon, dass es in der Ellenbeuge nicht nachblutet und legt dann die Kompresse zur Seite. „Verzeih, dass ich dir diesen Tag heute zugemutet habe."

„Verzeih, dass ich dir den Eindruck vermittelt habe, du könntest mir eine Last sein. Du bist mein geliebter Großpapa. Dein Rat und deine Hilfe sind immer gefragt. Und wenn einmal die Zeit kommt, dass du so schwach bist, dass du keinen Rat und keine Hilfe mehr geben kannst, dann wollen wir dich in jener Zeit auch tragen."

„Ich vermisse deine Großmama so sehr. Du ahnst nicht, wie schwer mir das Leben ohne sie fällt."

„Ich wusste nicht, dass man in so hohem Alter noch so schweren Liebeskummer haben kann."

„Aber sicher, Christa. Was denkst du denn? Die Gefühle bleiben ein Leben lang lebendig."

„Ich weiß auch nicht, wie ich darauf kam. Wahrscheinlich verstehe ich dein Alter erst dann, wenn ich es selbst erreicht habe."

„Dann werde ich allerdings nicht mehr da sein, um die Angelegenheit mit dir zu erörtern." Jetzt grinst Großpapa breit über sein ganzes Gesicht. Wo er Recht hat, hat er Recht.

Die Dämmerung ist schon weit fortgeschritten, als wir den riesigen Windpark vor San Francisco erreichen. Hier finde ich auch eine Tankstelle, an der ich auftanken kann. Noch eine knappe Stunde Fahrt, und wir sind in unserem Hotel. Der Tag war heute sehr ungewöhnlich. Und obwohl der Tag auch etwas Fremdes in sich barg, ist mir Großpapa doch nun näher als zuvor. Ich kann es schwer erklären. Ich schaue zu ihm rüber. Großpapa ist eingenickt. Ich hoffe, wir haben uns noch viele Jahre. Aber das steht nicht in unserer Hand. Es darf nicht in unserer Hand stehen.

Aus der Ferne sehe ich die Brücke am Goldenen Tor. Der zunehmende Mond steht satt über der Szene.

Großpapa gibt mir Heimat und Geborgenheit. Egal, wie alt oder gebrechlich er ist. Seine beständige Liebe ist ein fester Bestandteil meines Lebens. Großpapa trägt seinen Wert in sich. Und der ist unersetzlich und ist unvergleichlich kostbar.

Das letzte Duett

Station C5

Ich glaube, er hat ein Auge auf mich geworfen. Wenn wir gemeinsam die Verbände machen, dann schaut er mich immer so an. Ja, wenn ich es recht bedenke, dann bin ich mir sicher, dass er mich mag. Ich finde ihn ganz süß, wenn er so über seine Nickelbrille hinwegschaut, während ich ihm die Kompressen oder das Wundbenzin zureiche. Ronald. Sein Name ist Ronald. Zu gern würde ich mich einmal mit ihm außerhalb der Klinik treffen – auf ein Eis oder eine Limonade. Oder was auch immer. Es wäre natürlich toll, wenn er den ersten Schritt machen würde. Seine vierwöchige Famulatur endet in drei Tagen. Also, wenn er nichts sagt, dann werde ich die Initiative ergreifen müssen.

Schwester Hannah hat ihn anfangs nicht gemocht. Unsere Oberschwester sah mit Missfallen, dass wir uns so gut verstehen. Sie warf Ronald vor, mit mir zu schäkern. Dann aber kam der Tag, an dem er Hannah erzählte, dass er hier im Krankenhaus geboren wurde. Unsere leitende Schwester fragte ihn darauf nur kurz „Wann?" und schwieg dann. Den nächsten Tag war Schwester Hannah wie ausgewechselt. Hannah erzählte, dass sie bei Ronalds Geburt dabei war. Das sei damals ihr erster Monat als Diakonisse im Krankenhaus gewesen, und sie habe auf der Entbindungsstation begonnen. Sie hatte extra in den Büchern nachgeschaut und gesehen, dass sie am Abend von Ronalds Geburt der Hebamme assistiert hat. Von nun an war Schwester Hannah ganz für Ronald. Zum Glück steht sie am Ende ihres Berufslebens. Nächstes Jahr wird sie ihren Dienst bei uns beenden und in das Mutterhaus in Marburg gehen. Was ich sagen möchte ist, dass Hannah mit mir nicht um Ronald konkurriert.

Ronald ist im siebten Semester. Das Physikum und das Erste Staatsexamen hat er schon in der Tasche. Er sieht mit seinen rehbraunen Augen nicht nur gut aus, sondern er ist auch ein cleverer Bursche.

„Schwester Christina?"

„Ja?" Ich drehe mich um.

„Kommen Sie bitte mit. Wir müssen einen Patienten aus dem Aufwachraum abholen." Schwester Hannah geht mir forsch voran.

Ich muss mich beeilen, um ihr in den Fahrstuhl zu folgen, der sich gerade für uns öffnet. Wir transportieren unsere Patienten immer zu zweit durch das Haus. Dazu muss immer eine examinierte Schwester dabei sein. Wenn alles gut läuft, dann werde ich nächstes Jahr examiniert. Vor der Schleuse treffen wir auf Ronald. Ich lächele ihn im Vorbeigehen an. „Hallo."

Er antwortet. „Guten Morgen, Schwester Hannah. Hallo Christina." Dann verschwindet er in der Herrenumkleide. Er geht wohl zu seiner nächsten Operation.

Zu gern würde ich jetzt Mäuschen im OP spielen und zuschauen, wie geschickt er unseren Chirurgen assistiert. Ich muss jetzt allerdings mit Schwester Hannah zum Aufwachraum gehen.

Ich bin bereits dabei, mich auf mein Schwesternexamen vorzubereiten. Es ist ja so viel Lernstoff. Die Anatomie macht mir am meisten Mühe. Dazu lerne ich auch Theorie zur Krankheitslehre und zu den Pflegemaßnahmen. Wie Ronald nur den ganzen Lernstoff bewältigt – ich bewundere ihn. Ich könnte ihm ja einmal ein paar Fragen zur Anatomie stellen. Dann kann ich gleich sehen, wie gut er mir alles erklären kann. Am besten treffen wir uns dazu privat.

„Träumen Sie, Schwester Christina?"

„Nein."

„Dann lösen Sie jetzt bitte die Fußbremse auf ihrer Seite, damit wir mit dem Patienten und dem Bett losfahren können." Hannah ist heute wieder gut drauf. Als ich am Anfang meiner Ausbildung mit ihr die Betten gemacht habe, musste ich mich sehr sputen, um mit ihr Schritt zu halten. Trotz ihres Alters ist sie flotter bei der Arbeit als jede andere Schwester und jeder andere Pfleger auf unserer Station.

Ronald hat mir von einem Mädchen erzählt. Sie ist ein Jahr älter als er und heißt Eike. Ich habe sehr genau achtgegeben, was er mir über sie erzählt. In Teenagerjahren war er einmal sehr verliebt in Eike. Doch sie hat sich damals einen älteren Freund zugelegt und Ronald sah in die Röhre. Jetzt sind sie Freunde – so wie Bruder und Schwester. Ja, Ronald sagte sogar, dass er sie als Schwester adoptiert habe und lachte dann. Als ich das hörte, war ich beruhigt. Von anderen Mädels erzählte Ronald bisher nichts. Es könnte also durchaus sein, dass er noch frei ist. Irgendwann nach dem Mittagessen werden wir wieder gemeinsam die Verbände bei unseren Patienten wechseln. Ich bin wie elektrisiert, wenn ich daran nur denke. Ich wollte, es wäre schon so weit.

Mittlerweile erreichen wir den Fahrstuhl und können mit unserem Patienten auf Station C5 hochfahren.

Hannah kontrolliert während der Fahrt nochmals, ob die Infusionen auch korrekt laufen. Ja, alles scheint OK zu sein. „Heute Abend dürfen Sie wieder essen und trinken", sagt sie ihm und lächelt ihn freundlich an. Schwester Hannah versteht es, den Patienten die Angst zu nehmen. Da ist sie mir ein großes Vorbild.

Verbandswechsel

„Ist Schwester Christina da?" Ich höre Ronalds Stimme schon auf dem Flur, noch bevor er den Pflegestützpunkt erreicht. Nur wenige Schritte, und er steht vor mir. „Ach, hier bist du. Können wir jetzt die Verbände machen?"

„Ja. Ich hole nur eben den Verbandswagen." Ich gehe in den Raum, in dem der Wagen abgestellt ist. Heute Vormittag habe ich ihn bereits frisch mit allen Materialien beschickt. Ich nehme ihn und fahre ihn über den Stationsflur. „Wir können starten."

Ronald schmunzelt. Ich mag dabei den Ausdruck in seinen Augen. Was ihm wohl an mir gefällt? Heute sage ich etwas. Es sind nur noch drei Arbeitstage. Dann ist er weg. Und ich habe keine Kontaktdaten von ihm. Ich muss in die Offensive. Mir bleibt nichts anderes übrig.

„Wir lassen das Zimmer 1 aus. Das Zimmer ist septisch. Das machen wir zuletzt." Ronald geht mir voran. Er hat einen flotten Visitenschritt, ganz so wie Schwester Hannah. Er klopft an die Tür von Zimmer 3 und öffnet. „Wir wechseln jetzt ihren Verband, Herr Huber. Kann ihr Besuch bitte einmal rausgehen?"

Die Ehefrau verlässt das Zimmer, um während unserer Tätigkeit draußen zu warten. Ich rolle den Verbandswagen in das Patientenzimmer.

Ronald schlägt die Bettdecke zur Seite. „Ich streife ihr Nachthemd einmal nach oben, um an die Operationswunde zu kommen." Dann zieht er sich Handschuhe über und löst den alten Verband über der Bauchwunde. Die Nähte sehen gut aus. Es ist nichts entzündet. „Ich bin sehr zufrieden mit ihrer Wunde. Auf der nächsten Visite wird der Stationsarzt sicher schon einmal über ihre Entlassung sprechen und möglichweise sogar schon einen Termin anvisieren."

„Danke, Herr Doktor."

„Naja, mit dem Doktor ist es noch nicht so weit, Herr Huber. Das wird noch mindestens zwei Jahre dauern." Ronald lächelt und lässt sich von mir eine frische Kompresse und ein neues Pflaster anreichen. Nachdem er die Wunde wieder verschlossen hat, entledigt er sich seiner Handschuhe, zieht das Nachthemd wieder nach unten und schlägt die Bettdecke zurück. „Fertig."

Jetzt oder nie. Auf dem Stationsflur werde ich ihn ansprechen. Wir bitten die Ehefrau von Herrn Huber wieder herein und rollen gemeinsam den Verbandswagen aus dem Zimmer.

Allein. Wir sind allein auf dem Flur. Das ist meine Chance. „Heute Abend mache ich mit meinem Hund eine Runde um den Vierwaldstätter See. Wenn du auch kommst, dann könnten wir auf der Seeterrasse der Oberschweinstiege gemeinsam eine Limonade trinken."

Ronald reibt sich das Kinn. „Vierwaldstätter See? Wo soll das sein?"

„Ich meine den Jacobiweiher. Wir sagen hier nur Vierwaldstätter See wegen der vier umliegenden Städte Niederrad, Oberrad, Sachsenhausen und Neu-Isenburg."

„Ach so." Ronald schiebt den Verbandswagen zum nächsten Patientenzimmer. Er scheint nicht zu reagieren.

Da hake ich nach. „Und?"

„Ja. Ich komme. Um wieviel Uhr wollen wir uns treffen?"

Ich muss nun vermeiden, über mein ganzes Gesicht zu strahlen. Denn jetzt schlägt mein Herz deutlich schneller. „Sieben Uhr heute Abend? Am Eingang zum Restaurant?"

„Abgemacht. Gehen wir in Zimmer 5." Ronald wirkt sehr fokussiert. Naja, er wird ein guter Arzt werden. Der muss sich auf die Arbeit konzentrieren. Ich verstehe das. Er klopft an die Zimmertür. „Guten Tag, Herr Fischer. Wir wechseln jetzt ihren Verband."

Herr Fischer macht heute keinen guten Eindruck auf mich. Er scheint über irgendetwas zu grübeln. Während Ronald seinen Verband wechselt, klagt der Patient. „Als ich jung war, hatte ich kein Geld, um etwas zu unternehmen. Dann habe ich ein Leben lang hart gearbeitet und hatte keine Zeit, um etwas zu unternehmen. Jetzt bin ich alt und krank, und es fehlt mir an Gesundheit, um etwas zu unternehmen." Seine Miene wirkt ganz bitter. Aber mir fällt nichts zu sagen ein. Es hört sich so an, als habe Herr Fischer sein ganzes Leben verpasst. Das ist unendlich traurig, wenn das seine Lebensbilanz sein sollte. Seine Worte bedrücken mich noch, nachdem wir das Zimmer verlassen haben.

Ronald scheint mir meinen Kummer anzusehen. „Professioneller Abstand. Wir brauchen professionellen Abstand zu den Schicksalen, denen wir begegnen. Sonst haben wir keine Kraft mehr für die anderen Patienten." Er hebt dabei nicht nur nachdrücklich seine Augenbrauen, sondern auch den Zeigefinger seiner rechten Hand. Wahrscheinlich hat er Recht. Jetzt denke ich an heute Abend. Und es geht mir gleich schon viel besser. Sieben Uhr haben wir vereinbart. Ich kann es kaum fassen. Ich habe tatsächlich ein Date mit ihm.

Oberschweinstiege

„Joschi, komm." Mein Hund ist nicht an der Leine. Und jetzt trollt er irgendwo durch die Büsche am See. Da ist er. „Komm. Wir gehen zum Restaurant." Joschi folgt.

Ronald steht bereits am Eingang zur Oberschweinstiege, direkt neben dem Bronzeschwein „Oberta". Er grüßt mich von weitem. Meine Gute, sieht er gut aus. Er trägt kurze blaue Radlerhosen und ein weißes T-Shirt. In seiner linken Hand hält er seinen Fahrradhelm.

„Hallo. Wartest du schon lange?" Ich nehme meinen Hund an die Leine.

„Nein. Ich bin eben gekommen."

„Du wohnst auch in Sachsenhausen?"

„Nein. In Neu-Isenburg."

„Schau, da ist noch ein schattiger Platz auf der Seeterrasse frei. Wollen wir uns da setzen?"

Er nickt. Wir gehen an den freien Tisch. Kurz darauf sitzen wir.

„Ich bestelle mir eine hausgemachte schwarze Johannisbeer-Limonade."

„Ich nehme ein großes Radler."

Der Kellner nimmt unsere Bestellung auf.

„Du hast heute über deine Promotion gesprochen. An was forschst du genau?" Ich streiche mir die Haare zur Seite. Es geht ein milder Wind.

„Ich bin in der Anatomie. Mein Doktorvater hat mir eine Arbeit zum Nachweis eines Enzyms an Geweben im Elektronenmikroskop gegeben."

„Ich habe noch nie ein Elektronenmikroskop gesehen. Nur auf Fotos."

„Das geht den meisten so. Elektronenmikroskope sind rar. Einfache Lichtmikroskope kennt hingegen jeder."

„Du bist bestimmt sehr gut in Anatomie. Mir macht das Lernen manchmal einige Mühe."

„Ja, die Anatomie ist ein Fleißfach. Ein Schulkamerad fing mit mir gemeinsam das Studium an. In der Schulzeit sind ihm ohne jede Mühe die guten Noten nur so zugeflogen. Ich glaube, er hat nie ernsthaft gelernt. Am Vorabend zum schriftlichen Abitur war er sogar noch in der Festhalle zu einem Konzert. Er dachte sich, dass das in der Medizin genauso laufen würde. Aber da hat er sich geirrt. Über das Anatomiepraktikum ist er nie hinausgekommen, kein einziges Testat hat er erworben. Mittlerweile hat er den Kurs schon dreimal gemacht – und immer ohne Erfolg. Jetzt muss er den Studienort wechseln, da er in Frankfurt nur dreimal zum Anatomiepraktikum antreten darf."

„Das ist hart."

„Es ist fair gegenüber den nachrückenden Semestern. Es sind ja nur begrenzt Kursplätze verfügbar. Wenn die durch Altsemester blockiert werden, ist das nicht OK für die Studenten, die uns folgen."

„Ja. Das verstehe ich."

Inzwischen kommen unsere Getränke. Der aufmerksame Kellner bringt einen Napf mit Wasser für Joschi. Ich danke ihm dafür.

„Magst du einmal bei mir probieren? Die hausgemachten Limonaden sind hier sehr gut." Ich biete ihm mein Glas an und drehe den Strohhalm zu ihm.

„Nein. Ich bleibe bei meinem Radler."

„OK." Ich ziehe das Glas zurück, drehe den Strohhalm zu mir und nehme den ersten Zug. „Lecker."

Ronald prüft, ob sein Mobiltelefon ausgeschaltet ist. Das finde ich sehr aufmerksam von ihm. Es ist gut, wenn wir jetzt ungestört bleiben.

Es stellt sich eine Gesprächspause ein. Ich muss mir ein neues Thema einfallen lassen, sonst wird es vielleicht peinlich still.

Nach kurzem Nachdenken befrage ich Ronald zu seinen Zukunftsplänen. „Welche Richtung willst du später einmal einschlagen?"

„Ich will Unfallchirurg werden. Mein Vater ist Allgemeinchirurg. Aber die Traumatologie ist mein Ding."

„Interessant."

„Zum Praktischen Jahr plane ich ein Jahr im Ausland. Wenn man erst einmal an einem deutschen Krankenhaus im Alltagstrott drin ist, hat man kaum noch eine Möglichkeit, eine Zeit im Ausland zu arbeiten."

„Das Praktische Jahr ist im elften und zwölften Semester?"

„Richtig."

Ich rechne mir aus, dass es bis dahin noch rund anderthalb Jahre sind. Ich bin etwas enttäuscht, dass ihn seine Zukunftspläne von Frankfurt fortführen.

„Wirst du nach dem Praktischen Jahr nach Deutschland zurück kommen?"

„Ja. Ich muss dann noch mein Drittes Staatsexamen ablegen. Und dann suche ich mir eine Assistentenstelle in der Chirurgie."

Mit einem Mal fühle ich mich recht ernüchtert. Seine Zukunftspläne haben noch etwas sehr Vages, was den Ort seiner Tätigkeit angeht. Ich hätte mir gewünscht, er sagt, er bewirbt sich auf eine Stelle in unserem Diakonissenkrankenhaus. Aber das sind vielleicht nur Mädchenträume. Ich bringe das Thema auf mich. „Ich werde voraussichtlich nächstes Jahr examiniert."

„Gut", gibt er knapp zurück und trinkt sein Radler aus. „Nach dem Arbeitstag hatte ich jetzt einen guten Durst."

Ich lache. „Ja, das sehe ich."

„Wenn du ausgetrunken hast, dann können wir noch eine Wanderung um den Jacobiweiher machen." Ronald rückt seine Nickelbrille zurecht.

Ich trinke aus. Beim Spaziergang könnte unser Gespräch noch einmal eine ganz andere Dynamik bekommen. Ich schaue unter den Tisch. Joschi ist auch abmarschbereit.

Vierwaldstätter See

Das sommerliche Abendlicht über dem See ist warm und weich. Ich fühle mich an Ronalds Seite sehr wohl. Joschi lasse ich von der Leine. Ich möchte unser Gespräch mehr auf das Beziehungsthema hinführen. „Ich finde es toll, dass Eike nun so eine Art Schwester für dich ist. Ist in deinem Leben noch Platz für eine weitere Schwester?"

„Ja. Warum nicht?" Er antwortet, ohne meine Frage länger zu bedenken.

Das war jetzt kein guter Schachzug von mir. Vielleicht rutsche ich jetzt ungewollt in die Friendzone – wo ich gar nicht hin will.

Doch dann passiert etwas ganz Unerwartetes. Er kommt näher an mich heran und erlaubt mir, mich bei ihm einzuhaken, während wir am See entlanglaufen. Dabei merke ich, dass Ronald sehr gut riecht. Ich habe so starkes Herzklopfen, dass mir nichts mehr zu sagen einfällt. Joschi wuselt zwischen unseren Beinen herum und springt dann wieder in den Wald. Ich überlasse es nun ganz Ronald, ein Thema zu finden. Oder zu schweigen.

Da plaudert er. „Ich hatte mal einen Patienten, der war schon neunzig Jahre alt und war selbst einmal Chefarzt einer kleineren Klinik für Innere Medizin. Der berichtete mir, er schreibe ein Buch mit dem Titel ‚Arzt oder Mediziner‘. Ich wusste nicht, wie er das meinte. Daraufhin erklärte er mir, dass ein Mediziner nur die Zahlen und Fakten kennt. Aber der Arzt hat auch einen Blick auf den ganzen Patienten. So meinte er das.“

„Möchtest du Arzt oder Mediziner werden?“

„Ich möchte ein Arzt mit Herz werden, der auch die Zahlen und Fakten souverän berücksichtigt.“

Wir laufen mit sehr langsamem Schritt. Man könnte auch sagen, wir schlendern den Weg am See entlang. Was er gesagt hat, gefällt mir. Mir gefällt überhaupt alles an ihm. Ich träume vor mich hin, während Ronald erzählt. Und ich merke kaum, dass wir inzwischen den See umrundet haben und wieder am Restaurant an der Oberschweinstiege angelangt sind.

„Ich muss heute früh ins Bett. Ich assistiere morgen bei einer sehr langen und schwierigen OP. Da will ich fit sein.“

„Gehst du immer zeitig zu Bett?“

„Ich habe in einem alten Chirurgie-Buch gelesen: ‚Die ganze Lebensführung eines Arztes muss auf die Chirurgie hin ausgerichtet sein und alles Schädliche vermeiden – zu spätes Schlafengehen, Nikotin, zu viel Alkohol, zu spätes Aufstehen,

Hast und Ärger vor der Operation. Heitere Gelassenheit ist ein Gut, das kaum einer mühelos geschenkt bekommt.'"

„Aus welchem Jahr war denn dieses alte Chirurgie-Buch?"

„Aus dem letzten Jahrtausend." Jetzt lacht Ronald. „Aber das, was da gesagt wurde, bleibt auch heute noch gültig."

Nun lache auch ich. „Tausend Jahre später..."

„Nein, im Ernst. Das Buch war aus der Mitte der 1980er Jahre. Ganz genau bekomme ich das nicht mehr zusammen. Ich habe das Buch im Arbeitszimmer meines Vaters gefunden."

Wir schlendern zu den Fahrradständern. Ronald schließt sein Fahrrad auf und setzt seinen Fahrradhelm auf. „Ja, dann. Bis morgen, Christina."

Wir gehen, nachdem ich ihm eine gute Nacht gewünscht habe, auseinander. Ich denke, ich werde heute Nacht besonders gut schlafen. Und ich werde noch einmal ganz genau in Gedanken nacherleben, wie wir ineinander gehakt spazieren gegangen sind. Joschi nehme ich für den Rückweg an die Leine.

Neuzugang

Schwester Hannahs Gesichtsausdruck ist sehr ernst. „Der neue Patient kommt zum Sterben zu uns."

„Was fehlt dem Neuzugang?" Ich schaue Hannah in die Augen.

„Er hatte ein Magenkarzinom. Der eigentliche Tumor ist zwar erfolgreich entfernt worden. Aber er hat überall Metastasen. In der Leber, im Bauchfell, in der Lunge. Und noch etwas, Schwester Christina...“

„Ja?“

„Er wird zunehmend dement. Er dämmert in seinem Zustand vor sich hin – man muss sich darauf einstellen.“

„Oh.“

„Naja, das kann bei der fortgeschrittenen Erkrankung auch ein Segen sein.“ Hannah legt die Stirn in Falten, als sei sie sich selbst nicht so ganz sicher, ob diese Aussage wirklich stimmt. Dann besinnt sie sich und gibt mir eine Anweisung. „Schwester Christina, wir legen den Neuzugang in ihren Bereich. Nehmen Sie sich dieses Patienten besonders an.“

„Ja. Das werde ich.“

„Gehen Sie am besten gleich zu ihm und heißen Sie ihn auf unserer Station willkommen. Der Mann heißt mit Nachnamen Heinrich.“ Schwester Hannah deutet auf Zimmer 9.

Ich verlasse den Pflegestützpunkt und suche unseren neuen Patienten in seinem Zimmer auf. Ich klopfe an die Tür und trete ein. „Guten Morgen. Ich bin Schwester Christina. Ich möchte Sie auf unserer Station begrüßen.“

„Guten Tag, Schwester.“

„Kann ich im Moment irgendetwas für Sie tun?“

„Nein. Im Moment nicht." Einen kleinen Moment schweigt er. Doch ich sehe, dass er noch etwas sagen möchte.

„Haben Sie noch etwas auf dem Herzen?", ermuntere ich ihn.

„Du siehst meiner Tochter so ähnlich. Du musst wissen, meine Tochter ist auch Krankenschwester. Ich habe sie seit vielen Jahren nicht gesehen…" – Ich spüre, dass immer noch nicht alles gesagt ist. Dann setzt er nach: „Du bist nicht meine Tochter Anneliese, oder?"

Ich schüttele den Kopf. „Nein. Ich bin Schwester Christina."

„Ja. Stimmt. Du sagtest es. Du siehst meiner Tochter zum Verwechseln ähnlich."

„Haben Sie noch einen Wunsch?"

„Nein."

„Um zwölf schaue ich bei ihnen nochmal vorbei. Drücken Sie auf den Knopf neben ihrem Bett, wenn Sie etwas brauchen."

„Danke."

Ich verlasse das Zimmer unseres Neuzugangs. Sobald Ronald aus dem OP kommt, werden wir wieder Verbände wechseln. Inzwischen kann ich die Tage, die er noch hier ist, an einer Hand abzählen. Mal schauen, ob er nach unserem gestrigen Abendspaziergang anders ist als sonst. Vertraulicher. Enger. Näher. Bis zum Mittagessen werde ich schon einmal den Verbandswagen richten, so dass alles bereit ist, wenn Ronald kommt. Ich fühle mich gut gelaunt. Ja, ich bin seit gestern mit Ronald einen Schritt weiter.

Visite

Nach dem Verbandswechsel spricht Schwester Hannah Ronald an. „Unser Stationsarzt musste heute Nachmittag zu einer Fortbildung gehen. Er bittet Sie, ihn in seiner Abwesenheit auf der abendlichen Visite zu vertreten. Können Sie das bitte tun?"

Ich stehe neben Schwester Hannah und sehe es Ronalds Augen an, dass ihn diese Entwicklung durchaus ehrt. Er fragt nach: „Und die frisch Operierten? Wer visitiert sie nach der heutigen OP?"

„Das macht heute der Oberarzt persönlich. Zu den frisch Operierten müssen Sie nicht gehen." Schwester Hannah nickt Ronald zu. Dann schaut sie zu mir. „Ich gehe mit dem Oberarzt und Sie gehen mit unserem Famulus."

„In Ordnung", gebe ich zurück und blicke zu Ronald. „Gehen wir schon einmal los?"

Ronald studiert die Patientenliste. „Ja. Als erstes würde ich gern unseren Neuzugang sehen."

„Herrn Heinrich? OK. Gehen wir zu ihm." Ich hole mir die Akte des Patienten aus dem Pflegestützpunkt und folge Ronald.

Als wir das Zimmer von Herrn Heinrich betreten, wirkt er verwirrt. Er scheint mich tatsächlich für seine Tochter zu halten. „Anneliese! Wie schön, dass du mich besuchst."

Ich zögere einen kleinen Moment. Soll ich das Spiel mitspielen? Ich blicke zu Ronald. Er scheint meine Gedanken zu erraten und schaut streng zurück. Das ist unmissverständlich ein „Nein". Dann besinne ich mich. „Ich bin Schwester Christina."

Jetzt wirkt Herr Heinrich unruhig. „Ich habe meinem Kind immer ein Gutenachtlied gesungen. Ich habe sie jeden Abend zu Bett gebracht, so müde ich auch war, wenn ich von der Arbeit nachhause kam. Ich war immer für Anneliese da. Und dann sangen wir im Duett." Ich spüre, dass unser Patient noch unruhiger wird.

Ich lächele ihn an und will ihn besänftigen. „Was haben Sie denn mit ihrer Tochter gesungen?"

Da beginnt der Mann zu singen.

> *„Guten Abend, gute Nacht*
> *Mit Rosen bedacht*
> *Mit Näglein besteckt*
> *Schlüpf unter die Deck!*
> *Morgen früh, wenn Gott will*
> *Wirst du wieder geweckt*
> *Morgen früh, wenn Gott will*
> *Wirst du wieder geweckt."*

„Das kenne ich. Das ist von Johannes Brahms und Clemens Brentano. Das hat mir mein Vater früher auch vorgesungen." Ich schaue zu Ronald.

Der kann meine Betroffenheit an dem Lied nicht teilen und schaut in die Kurve des Patienten. „Sie haben heute nicht zu Mittag gegessen?"

„Ich will nichts. Ich will nichts mehr." Herr Heinrich wendet sich ab.

Ich deute in die Kurve des Patienten und zeige Ronald den Vermerk: „Nur palliative Maßnahmen".

Er presst die Lippen zusammen. Dann flüstert er mir leise zu: „Dann kommt es ja nicht mehr drauf an..." Ronald hat schon die Klinke in der Hand und verlässt das Zimmer.

Ich folge ihm. Wir stehen allein auf dem Stationsflur.

Er hat den Patienten bereits aufgegeben. Aufgegeben an den Tod. Ronald schüttelt den Kopf. „Also, es sah in dem Zimmer fast so aus, als überlegtest du dir, die Vater-Tochter-Story mitzuspielen. Ich kann dich nur warnen. Du musst professionelle Distanz bewahren, sonst gehst du hier unter."

„Das hattest du mir bereits gestern gesagt."

„Ja. Das habe ich dir bereits gestern gesagt. Und es ist auch wahr."

Ich fühle, dass bei Herrn Heinrich besondere Umstände vorliegen. Ich will ihn nicht nach der üblichen Routine behandeln. Irgendetwas in meinem Herzen rührt mich an, wenn ich an Herrn Heinrich denke. Ich versuche, das Ronald mit dürren Worten zu erklären. Aber es gelingt mir nicht, mich begreiflich zu machen.

Ronald winkt nur ab und betritt bereits das nächste Patientenzimmer.

Währenddessen spüre ich, dass ich am Bett von Herrn Heinrich gefragt bin. Er ist mein Patient. Auch wenn Ronald ihn aufgegeben hat. Ich verstehe unseren Famulus nicht. Nach unserer weiteren Visite kehre ich in das Zimmer 9 zurück.

Wiegenlied

Mein Patient ist sehr unruhig. Jetzt wirkt er sogar fiebrig. Er ist in bedeutend schlechterem Zustand als heute Mittag. Dass zum Abend die Temperatur steigen kann, ist mir bereits von anderen Patienten vertraut.

Als ich in sein Zimmer komme, lächelt er mich an. „Anneliese. Wie schön, mein Kind. Setze dich zu mir. Ich habe dich so vermisst. Du hast mir so gefehlt."

Ich nehme seine Hand und schweige.

„Ich würde so gern mit dir singen, mein Kind."

„Magst du ,Guten Abend, gute Nacht' singen?"

„Ja. Sicher. Das ist unser Lied." Er schaut mich mit fiebrigen, geröteten Augen an.

Und wir singen im Duett. Herr Heinrich und ich. Nach der letzten Strophe schläft er still ein.

> „Morgen früh, wenn Gott will
> Wirst du wieder geweckt."

Ich taste nach seiner Stirn. Sie ist warm. Er hat Temperatur. Doch er kann jetzt still schlafen. Die Ruhe wird ihm guttun. Das gemeinsame Lied hat ihm schon gutgetan.

Als ich sein Zimmer verlasse, denke ich mir, dass Ronald Unrecht hat. Vielleicht finde ich Worte, ihm das zu erklären. Wenn wir uns wiedersehen. Morgen.

Kalte Dusche

Ich spüre schnell, dass mir Ronald an Sprachgewalt und Redekunst überlegen ist. Er schüttelt den Kopf. „Wenn du noch anfängst, mit den Patienten zu singen, dann hast du die professionelle Distanz verloren."

„Ich habe gestern bereits mit Herrn Heinrich gesungen. Es hat ihm gutgetan. Und er ist dann in einen friedlichen Schlaf gefallen."

„Herzlichen Glückwunsch. Dann hast du ihn jetzt an der Backe. Den wirst du nicht mehr los, solange er hier auf der Station C5 liegt." Ronald dreht sich um und verlässt mit raschen Schritten den Pflegestützpunkt. Sein Kittel weht, er geht in Richtung des Treppenhauses. Dann verschwindet er aus meinem Blickfeld.

Einen Moment schmerzt es. Seine Kälte schmerzt mich. Seine Kälte und Härte mir gegenüber. Und gegenüber Herrn Heinrich. Ich schaue den leeren Gang entlang, in dem er eben noch zu sehen war. Dieser Abgang fühlt sich an wie ein Abschied. Ich verabschiede mich von meiner Sehnsucht, ihn näher kennenzulernen. Das tut weh. Aber besser jetzt als später, wenn meine Gefühle für ihn noch tiefer sind. Was hat Ronald nur so hart gemacht? Ich verstehe ihn nicht. Gibt es nicht ein gutes Maß zwischen professioneller Distanz und mitmenschlicher Nähe? Ich glaube, ich habe das rechte Maß bei Herrn Heinrich gefunden.

Während ich so verloren im Pflegestützpunkt stehe, betritt Schwester Hannah den Raum. „Ich glaube, es wird Zeit, die Verwandten von Herrn Heinrich anzurufen. Sie können von ihm

Abschied nehmen. Mögen Sie das bitte übernehmen?" Hannah reicht mir die Patientenakte mit allen Kontaktdaten.

„Selbstverständlich, Schwester Hannah." Ich schaue in die Kurve. Unter „Kontakt" finde ich keine Ehefrau, aber die Adresse und Telefonnummer von Herrn Heinrichs Tochter Anneliese. Ich setze mich und nehme den Hörer des Festnetztelefons in die Hand. Ich rufe sie an. Nach vielfachem Klingeln nimmt auf der anderen Seite jemand das Telefonat entgegen.

„Heinrich."

„Guten Tag, Frau Heinrich. Ich bin Schwester Christina aus dem Diakonissenkrankenhaus. Ich möchte ihnen sagen, dass ihr Vater im Sterben liegt und Sie kommen können, um von ihm Abschied zu nehmen."

Auf der anderen Seite der Leitung herrscht Stille.

Ich bin irritiert. „Sagen Sie gar nichts?"

„Was soll ich sagen?"

„Kommen Sie zu ihrem Vater?"

Ein leises „Nein" höre ich. Dann wird die Verbindung unterbrochen. Ich atme tief durch. Damit habe ich nicht gerechnet.

Das letzte Duett

„Schwester Christina? Können Sie bitte in die 9 kommen? Herr Heinrich ist so unruhig. Er will nur Sie sehen." Ich sehe Schwester

Hannah an, dass ihr der Dienst bei Herrn Heinrich schwerfällt. Es wird ihr zu viel. „Ich kann das nicht mehr mit ansehen", sagt sie.

„Ja, ich komme." Ich stehe auf und gehe zu Herrn Heinrich. Die Nachricht, dass seine Tochter nicht mehr kommen wird, kann ich ihm nicht überbringen. Wer will schon mit gebrochenem Herzen sterben?

„Anneliese..." Er spricht den Namen seiner Tochter voller Freude aus und sieht mich dabei an. Dieses Glück will ich nicht zerstören.

„Ich bin da. Wollen wir singen? *‚Guten Abend, gute Nacht'*?"

Ein lang gezogenes „Jaaa" kommt aus seinem Mund.

Und ich singe mit ihm. Er begleitet mich, so gut es geht. Bei *„Morgen früh, wenn Gott will"* bricht ihm die Stimme. Und dann setzt seine Atmung aus. Allein singe ich die Strophe zu Ende.

„Wirst du wieder geweckt."

Glanzloser Abschied

Nach der Abendvisite kommt Ronald zu mir, um sich zu verabschieden. „Ich bin auf dem Absprung. Man sieht sich, Christina."

Ich hasse diese Floskel. Ich erwidere „Ja, man sieht sich."

Dann greift sich Ronald ein Stück Papier vom Schreibtisch im Pflegestützpunkt, notiert eine Nummer und reicht mir das Papier. „Das ist meine Mobiltelefonnummer."

„Danke."

Ronald reicht mir zum Abschied die Hand. Ich nehme sie entgegen. Dann geht er. Sein Kittel bewegt sich um seine Knie, während er die Station verlässt. Ich schaue den Zettel an. Dann entsorge ich ihn im Papierkorb. Ich weiß sehr wohl, was professionelle Distanz ist.

Jenseits des Nadirs

Im Sternwartepark

„Kannst du mir sagen, wie ich zu dem Sternenkundigen komme?" Ich schaute den Mann an, der dabei war, einen kleinen Baum im Garten zu pflanzen.

Er legte seinen Spaten, mit dem er eben noch in der Erde ein Pflanzloch gegraben hatte, zur Seite und grüßte freundlich. „Guten Tag. Wenn du den Astronomen besuchen möchtest, dann nimm die Treppe, die in das große Gebäude mit den drei Kuppeln führt. Dort findest du das Observatorium."

Ich schaute mich um und konnte das ockerfarbene Gebäude sofort ausmachen. Eher beiläufig erwähnte ich, dass ich den Astronomen wegen einer wichtigen Sache um Rat fragen musste. „Ich bin auf der Suche."

„Kann ich dir bei deiner Suche helfen?" Der Mann – ich hielt ihn für den Gärtner – blickte mich gut gelaunt an.

„Nein. Ich denke nicht. Ich muss den Sternenkundigen schon selbst befragen." Nach einem kurzen Dank verließ ich den Mann, der mir noch eine Weile nachblickte, bevor er sich wieder seiner Arbeit widmete und schließlich den Baum pflanzte.

Ich dachte mir, dass die Sache, die ich mit dem Astronomen besprechen mochte, sehr persönlich war – meine Gedanken wollte ich nicht mit jedem teilen. Das Gebäude mit den drei Stockwerken sah sehr einladend aus. Die Kuppeln streckten sich auf den Türmchen stolz in den Himmel. Ich war mir sicher – hier war ich richtig. Die Tür zur Sternwarte stand offen. Und ich ging durch sie hindurch, um das geheimnisvolle Haus zu betreten.

Die drei Wege

In dem Raum mit der runden Kuppel stand ein großes Fernrohr. Eine bewegliche Treppe war unterhalb des Beobachtungsinstruments angebracht. An der Wand hingen zwei identische Uhren, die laut tickten und deren Zeiger unterschiedlich standen. Unter der linken Uhr war ein Schild mit der Aufschrift ‚Ortszeit'. Unter der anderen Uhr stand ‚Sternzeit' geschrieben.

Gegenüber der Eingangstür saß ein alter Mann mit kurzem Haar und einem spitzen Bart an einem Tisch. Er war über seine Aufzeichnungen gebeugt. Er bemerkte mich gar nicht, als ich das Observatorium betrat. Da räusperte ich mich.

Der Mann blickte von seinen Papieren auf. „Heute Nacht habe ich einen weiteren Planeten entdeckt. Er erhielt die Nummer 711. Jetzt denke ich darüber nach, welchen Namen ich dem Planeten geben werde." Er fragte mich gar nicht, wer ich sei und was ich von ihm wolle.

Als er schon dabei war, wieder in seine Aufzeichnungen zu schauen, ergriff ich das Wort. „Ich bin auf der Suche nach meinem Freund. Kannst du mir helfen, ihn zu finden?"

„Es gibt verschiedene Wege, die man wählen kann. Es kommt ganz darauf an, wo du deinen Freund vermutest."

Ich trat näher an den Tisch des Astronomen heran. „Welche Wege gibt es denn?"

„Es gibt grundsätzlich drei Wege, die du einschlagen kannst." Er befragte mich nicht nach meinem Freund. Er fragte weder nach seinem Namen, noch wie seine Augen aussahen oder welche Farbe sein Haar hatte.

„Drei Wege?", fragte ich nach. „Welche Wege sind das? Bitte hilf mir, meinen Freund zu finden."

Nun legte der Astronom seinen Schreibstift zur Seite und schaute mich an. „Du kannst dich in Richtung des Horizonts halten. Oder aber in Richtung des Zenits."

„Der Zenit? Wo ist der?" Ich hatte keine Kenntnis, wovon der Sternenkundige sprach.

„Der Zenit ist genau über uns. Hier erreichen Sterne den höchsten Punkt über uns."

„Und der dritte Weg? Wohin führt der?"

„Der dritte Weg führt zum Nadir. Das ist der tiefste Punkt unter uns. Der Nadir liegt dem Zenit gegenüber."

Ich überlegte. Dann fragte ich nach. „Ist der Nadir über den Menschen, die auf der anderen Seite der Welt auf dem Kopf stehen?"

„Ja, richtig. Der Nadir ist der höchste Punkt auf der Rückseite der Erdkugel." Jetzt lächelte der Astronom. Wir hatten uns verstanden.

Und sein Lächeln ermutigte mich, meine Wahl zu treffen. „Der Nadir, so scheint es mir, ist am weitesten entfernt, weiter als der Horizont und weiter als der Zenit."

„Ja. Wenn dein Freund sehr fern von dir ist, dann könnte es sein, dass er am Nadir ist."

„Mir scheint ein Aufbruch zum Nadir am vielversprechendsten. Wie komme ich dort hin?" Ich strich mir mit der Hand über die rechte Augenbraue. Ich war mir im Klaren, dass der Beginn der Reise entscheidend war – ich musste mich von Anfang an auf den richtigen Weg machen.

Zenit

Nadir

Der Astronom griff nach einem großen Sternenatlas, der auf seinem Arbeitstisch lag, und schlug ihn auf der letzten Seite auf. „Siehst du den Großen Wagen mit seiner Deichsel?" Er deutete auf eines der Sternbilder, die auf der Karte abgebildet waren.

„Ja. Ich sehe ihn. Mir ist der Große Wagen durchaus vertraut", erwiderte ich. „Und dann kenne ich noch einige andere Stern- bilder, wie den Orion oder den Schwan. Aber der Große Wagen ist das Sternbild, das ich jede Nacht am Himmel ausmachen kann, wenn keine Wolken die Sicht behindern."

Wieder tippte der Astronom mit dem Zeigefinger auf die Stern- karte in seinem großen Atlas. „Wenn die Deichsel des Großen Wagens ihren tiefsten Punkt erreicht und ihre Verlängerung unter den Horizont weist, dann solltest du aufbrechen. Denn dann zeigt der Große Wagen den Weg zum Nadir an."

Ich kniff die Augen zusammen. „Wann wird das soweit sein?"

„Heute Nacht, vor dem Sonnenaufgang – noch vor der Dämme- rung."

„Dann ist die Nacht am dunkelsten."

„Und am kühlsten", pflichtete der Sternenkundige mit einem Nicken bei. Dann ergänzte er: „Der Große Wagen wird dich an dein Ziel bringen."

Der Beginn der Reise

In der Kälte der Nacht wehte ein leichter Wind aus Norden. Im Osten war noch keine Dämmerung auszumachen, und über mir spannte sich ein sternenklares Firmament auf. Es war so weit – die Deichsel des Großen Wagens wies tief nach unten, sie wies nach dem rätselhaften Nadir, den ich erforschen wollte, um meinen Freund zu finden. Mit einem beherzten Sprung gelangte ich in den Großen Wagen. In diesem Moment fiel eine Sternschnuppe vom Himmel und stürzte entlang der Achse des Großen Wagens in die Tiefe. Das bestärkte mich in meiner Überzeugung, den richtigen Weg eingeschlagen zu haben.

Es folgte ein Ruck, und der Große Wagen setzte sich in Bewegung, ganz ohne dass ein Pferd oder ein Esel vor den Wagen gespannt war. Ich musste mich gut an der Vorderkante meines Gefährts festhalten, um nicht vom Wagen herunterzufallen. Als ich noch einmal hinter mich schaute, sah ich, dass dort, wo eben noch der Große Wagen am Himmel gestanden hatte, nun eine dunkle Lücke klaffte. Meine Reise hatte begonnen.

In mir brannte die Sehnsucht nach meinem Freund. Schon seit vielen Jahren wusste ich, dass es ihn gab – in meinen Gedanken war ich sogar täglich mit ihm im Gespräch. Seine Stimme war mir lieb und vertraut. Und was er sagte, bewegte mich in der Tiefe meines Herzens. Sehr wichtig war mir überdies, dass mein Freund ein guter Zuhörer war. Ich konnte ihm alles sagen. Und alles, was ich ihm anvertraute, verstand er. Es war nichts Fremdes zwischen ihm und mir. Und doch war er mir so fern. Ja, er war so fern wie der geheimnisvolle Nadir, zu dem ich jetzt aufbrach.

Das Leuchten des Arktur

Das erste Sternbild, das ich passierte, war das Sternbild des Bärenhüters. Ich sah mehrere Doppelsterne, mit denen ich mich jedoch nicht weiter beschäftigte. Der hellste Stern, sein Name war Arktur, leuchtete einladend zu mir herüber. Der Schein dieses Sterns war rein, hell und klar. Und doch beklagte sich der Bärenhüter, der hier wohnte, bei mir. „Du hast den Großen Wagen von seinem Platz am Sternenhimmel geraubt. Wie sollen die Menschen, die mich am Himmel suchen, noch finden, nachdem du den Wegweiser zu mir mit dir genommen hast?"

„Ich verspreche dir, ich bringe den Großen Wagen zurück an seinen alten Ort, sobald ich am Ziel meiner Suche angekommen bin." Kaum hatte ich das ausgesprochen, wurde mir klar, dass das ein sehr großes Versprechen war. Ob ich es wirklich einhalten könnte? Da schob ich nach: „Oder ich werde den Großen Wagen am Ende meines Weges bitten, an seinen angestammten Platz am Firmament zurückzukehren. Dann können dich die Menschen am Himmel wieder finden, wenn sie die Deichsel des Großen Wagens verlängern."

„Magst du mir sagen, wo dein Ziel liegt?", fragte der Bärenhüter, der sich für meine Reise interessierte.

„Mein Weg führt mich zum fernen Nadir – das ist dort, wo die Welt auf dem Kopf steht."

„Dein Weg könnte kaum weiter sein. Ich wünsche dir eine gute und sichere Fahrt." Der Bärenhüter leuchtete mir hinterher, als ich sein Sternbild verließ.

Der Junge im Spiegelbild

Am Kopf der Schlange entdeckte ich einen Jungen, der an einem See stand und andächtig ins Wasser hinabblickte. Das musste ich mir näher ansehen. Vielleicht konnte ich von ihm nähere Informationen über meinen Freund erhalten. Mein Wagen hielt an, und ich verließ das Fahrzeug. Der Junge bemerkte kaum meine Ankunft.

Ich stellte mich vor. „Guten Tag. Ich bin Noah. Hast du meinen Freund gesehen?"

Der Junge reagierte nicht und begann, mit seiner rechten Hand ins Wasser zu greifen.

Das verwunderte mich, und ich fragte ihn rundheraus: „Was machst du da?"

Erst jetzt begann er zu sprechen. „Ich versuche, im Spiegelbild meinen Kopf und mein Haar zu tasten. Doch wann immer ich es versuche, kommen Wellen und zerstören mein Spiegelbild. Dann muss ich warten, bis das Wasser wieder ruhig ist. Leider passiert es dann aber immer wieder, dass die Oberfläche des Sees aufgepeitscht wird."

Ich lachte. „Das ist doch klar. Deine Hand bricht die glatte Wasseroberfläche, und dann zerspringt dein Spiegelbild."

„Willst du damit etwa sagen, dass ich es bin, der das Spiegelbild zerstört?"

„Sicher." Ich stemmte meine Hände in die Seite.

Er schüttelte den Kopf, „Das ist unmöglich. Es ist der Schwanz der Schlange, der ins Wasser schlägt und mein Bildnis zerbricht. Es läge mir fern, mein eigenes Bild zu zerstören." Der Junge blickte vom Kopf der Schlange, wo wir uns gerade befanden, zum Schwanz der Schlange herüber.

„Warum willst du denn dein Spiegelbild ertasten?" Ich mochte den Jungen gern verstehen.

„Es ist so schön, was ich in dem Bild entdecke. Ich will mich meinem Bildnis nähern. Ich will mich." Wieder schaute der Junge in das Wasser hinab und begann, nach seinem Abbild zu greifen. Er bemerkte kaum noch meine Anwesenheit und war mit sich selbst beschäftigt.

Noch einmal fragte ich nach. „Hast du meinen Freund gesehen?"

„Nein. Aber ich habe meinen Freund gesehen. Er ist hier, direkt unter der Wasseroberfläche."

Da legte ich meine Stirn in Falten. „Du bist langweilig. Du bist dir selbst genug."

Doch der Junge antwortete nicht. Ich hörte nur, dass er schwer atmete, als er erneut feststellen musste, dass sein Spiegelbild beim Versuch, es zu ertasten wieder in tausend spiegelnde Flächen zerbrach. – So viel stand fest – dieser Junge war nicht mehr auf der Suche nach einem Freund. Er hatte ihn schon in sich selbst gefunden und war doch unerreichbar weit von ihm getrennt.

„Was für ein armer Junge", dachte ich mir und nahm wieder in meinem Wagen Platz. An dieser Stätte wollte ich nicht länger bleiben. Es lag ein unstillbarer Schmerz an diesem Ort.

Passage des Schlangenträgers

Auf meiner weiteren Reise kam ich an einem Sternbild vorbei, dem ein heller, markanter Stern fehlte. Doch ich konnte einen schönen, namenlosen offenen Sternhaufen ausmachen. Nur eine Nummer kennzeichnete ihn – IC 4665. Das enttäuschte mich. Eine Nummer sagt nichts, ein Name sagt so vieles.

Neben einer Ansammlung von Staub und Gaswolken entdeckte ich einen Mann, der ein wichtiges Gesicht machte. Ich entschloss mich, mit dem Mann zu sprechen und lenkte meinen Wagen zu ihm. Ich stoppte mein Gefährt direkt vor ihm und stieg aus. „Guten Tag. Ich suche meinen Freund. Kannst du mir helfen, ihn zu finden?"

Der Mann schaute auf und sah mich an. „Wer ist dein Freund?"

„Seit Jahren spreche ich mit ihm. Seine Stimme ist mir vertraut. Und nun möchte ich ihn von Angesicht zu Angesicht schauen."

„Du stehst im inneren Dialog mit ihm?"

Ich lächelte. „So kann man es auch ausdrücken."

„Ich sage es dir geradewegs – ich bin ein Realist. Ich schaue die Fakten an und treffe mein Urteil." Der Mann sprach kurz und präzise.

„Und was möchtest du mir sagen?"

Er zog die Augenbrauen nach oben und sagte mir, was er von meinem Vorhaben hielt. „Du träumst dir deinen Freund als Ideal in deinem Kopf zurecht. Deine Reise wird dich nirgendwohin führen, glaube mir. Gib auf. Iss und trink und freue dich an deinem Leben."

Diese Antwort gefiel mir gar nicht. Ich schüttelte den Kopf. „Zu zweit, mit einem Freund, schmeckt es aber besser."

Der Mann, der sich als Realist bezeichnete, schaute nun ganz verwundert. Ich vermutete, dass er noch nie einen Menschen als seinen Freund bezeichnet hatte und dass er mich daher auch nicht verstehen konnte. Das Gespräch mit ihm konnte mich meinem Ziel nicht näher bringen.

In meinem Hals stieg ein Gefühl der Enge auf, und ich sah zu, dass ich bald wieder aufbrach.

Der Theologe

Mir war sofort klar, dass ich beim nächsten Sternbild sehr vorsichtig sein musste. Der Skorpion streckte seinen Stachel in die Höhe und ich sah zu, dass er nicht sein Gift in mich stieß.

Neben einem hellen Stern, der auf den Namen Antares hörte, sah ich eine Person mit einer vornehmen Ausstrahlung. Ich wollte nicht die Gelegenheit verpassen, auch hier nach meinem Freund zu fragen. „Hallo. Mein Name ist Noah. Kannst du mir helfen? Ich bin auf der Suche nach meinem Freund."

„Was glaubst du denn, wo dein Freund ist?", fragte der Mann zurück.

„Ich bin bereit, bis zum fernen Nadir zu reisen, um meinen Freund zu finden." Meine Stimme war fest und sicher.

„Ich denke, dir wäre schon geholfen, wenn du meinen Glauben teilen könntest. Ich bin nämlich ein Theologe. Was ich glaube, wäre auch Balsam für deine Seele."

Ich schaute dem Theologen direkt in die Augen. „Was glaubst du denn?"

Jetzt setzte er eine sehr ernste Miene auf. „Es ist eine Mischung aus innerer Einkehr, verbunden mit dem Studium religiöser Schriften. Es bedeutet einige Mühe, doch es lohnt sich. Im Laufe der Jahre wirst du lernen, was du leisten musst, um Gelassenheit und Ruhe zu erwerben."

Das verstand ich nicht. „Kannst du mir auch in kurzen, knappen Worten sagen, was du glaubst? Ich möchte nicht erst nach jahrelangem Studium ans Ziel kommen."

Der Theologe kratzte sich am Kopf. „Ich glaube an ein höheres Wesen."

Das ergab für mich keinen Sinn. „Ein höheres Wesen? Das ist mir zu unpersönlich. Ich suche einen Freund – keinen Fremden." Ich fühlte, dass ich mit der Hilfe dieses Mannes meinem Ziel nicht näherkommen konnte.

Als ich zurück in meinen Wagen stieg, blickte er mir nach. Im ersten Moment sah es so aus, als wollte er noch etwas sagen. Doch dann schwieg er.

Der Stachel des Skorpions hatte mich nicht getroffen. Je weiter ich mich von diesem Ort entfernte, desto sicherer fühlte ich mich.

Der Schütze

Welch einen Reichtum entdeckte ich hier. In diesem Bereich des Firmaments war die Sternendichte der Milchstraße am größten. Voller Begeisterung sah ich mich um. Zwischen zwei Doppelsternen fiel mein Blick auf einen Mann mit einem Pfeil in der Hand und einem Köcher auf dem Rücken. Das musste ich näher betrachten. Ich hielt meinen Wagen an und stieg aus. „Wer bist du denn? Mein Name ist Noah."

„Ich bin der Schütze."

„Und was jagst du?"

„Ich versuche, die Herzen der Menschen zu treffen. Sobald mein Pfeil sein Ziel erreicht hat, kann ich die Menschen führen und lenken." Dann beugte sich der Schütze zu mir vor und flüsterte. „Ich bin auf ein großes Geheimnis gestoßen." Dabei legte er seine Hand auf meinen linken Unterarm.

„Ja? Erzähle mir mehr." Mein Interesse war geweckt.

„Es gibt einen Ort in der Seele der Menschen, der noch empfindsamer als das Herz sein kann."

„Und welcher Ort wäre das?"

Er zögerte einen Moment, sein Geheimnis mit mir zu teilen. Doch dann sprach er weiter. „Es ist das Gewissen. Triffst du das Herz eines Menschen, dann kannst du sein Wünschen lenken. Aber triffst du das Gewissen eines Menschen, dann kannst du darüber hinaus sogar sein Handeln beeinflussen. Das Herz schwärmt. Doch das Gewissen lenkt die Schritte eines Menschen. Deshalb wiegt das Gewissen schwerer als das Herz."

Ich schaute den Schützen an. „Und warum tust du das? Was beabsichtigst du, wenn du Menschen lenkst? Ist es nicht besser, du lässt den Menschen ihren freien Willen?"

„Es ist doch eine köstliche Sache, Menschen zu beherrschen. Ich kann mir keine erhebendere Beschäftigung vorstellen." Während er das sagte, trat er einen Schritt zurück und schoss seinen Pfeil auf mich ab.

Mit einem schnellen Sprung zur Seite konnte ich mich retten, um dem Angriff zu entgehen. „Mir gefällt nicht, was du hier tust." Mit diesen deutlichen Worten verließ ich ihn und ließ in meinem Fahrzeug das Sternbild hinter mir zurück. Hier war nicht der Ort, um länger zu verweilen.

Meine Gedanken gingen zurück. Nun dachte ich an den Jüngling, der sein Spiegelbild suchte. Er war zwar nicht glücklich, doch er fügte anderen zumindest kein Leid zu.

Und der Theologe, dem ich begegnet bin? Was war mit ihm? – Er war dem Schützen doch sehr ähnlich.

Ich nahm mir vor, in der Zukunft um Personen, die andere erziehen und beeinflussen wollen, einen großen Bogen zu machen. Es war mir zuwider, wenn sich Menschen über Menschen erheben wollten.

Im Glanz der Südlichen Krone

Unter einem Bogen aus recht unauffälligen Sternen entdeckte ich den Mathematiker. Hinter ihm stand eine Tafel mit einigen Formeln, die mir allerdings nichts sagten. Der Mathematiker trug einen längeren, weißen Bart und seine Augen schauten freundlich zu mir herüber, als ich dabei war, sein Sternbild zu durchqueren. Weil sein Blick mich zur Rast einlud, lenkte ich den Großen Wagen direkt zu ihm. Ich sprang aus meinem Gefährt und grüßte ihn. „Hallo. Ich bin Noah. Darf ich bei dir eine Pause einlegen?"

„Selbstverständlich. Gern. Setze dich zu mir." Der Mathematiker rückte etwas zur Seite, so dass ich neben ihm meinen Platz unter dem Bogen der Südlichen Krone fand.

„Was machst du hier?"

„Ich denke über die Unendlichkeit nach."

Ich strich mir mit der Hand über die rechte Augenbraue. „Und was denkst du da?"

„Viele denken über die Unendlichkeit nach, doch sie haben eine ganz falsche Vorstellung von dieser Sache."

„Das verstehe ich nicht. Magst du es mir erklären?"

„Die meisten Menschen denken, dass die Unendlichkeit nur eine sehr, sehr große Zahl sei und die Ewigkeit nur ein sehr, sehr langer Zeitraum sei, der nicht ende."

„Und was denkst du?"

„Die Unendlichkeit und Ewigkeit haben eine ganz andere Qualität als nur sehr, sehr viel oder sehr, sehr lang zu sein. Diese Qualität ist für uns gar nicht vorstellbar. Diese Qualität hat Klasse und Niveau."

Ich fühlte, wie der Mathematiker nun ins Schwärmen geriet. Und ich konnte nachempfinden, dass der Unendlichkeit ein Zauber innewohnt. Doch dann presste ich die Lippen zusammen. „Für mich würde die Unendlichkeit schon bei der Zahl Zwei beginnen. Ich wünsche mir, meinen Freund zu finden – dann wäre ich schon unendlich glücklich."

„Das ist ein interessanter Gedanke. Über die Zahl Zwei habe ich bisher noch nicht so intensiv nachgedacht."

„Ja, weil du hier mit deinen Formeln und deinen Gedanken zur Unendlichkeit ganz allein bist. Deshalb hast du über die Zwei noch nicht so viel sinniert."

„Das ist möglich. Ja. Willst du hier bei mir bleiben und mir Gesellschaft leisten?"

„Nein. Ich habe ein Ziel. Das will ich nicht aus den Augen verlieren."

„Das verstehe ich", sagte der Mathematiker und strich sich durch seinen Bart. Dann lächelte er mich an. „Ich wünsche dir eine gute Reise und eine wundervolle Begegnung an deinem Ziel."

„Danke", gab ich zurück und setzte mich wieder in meinen Wagen. Von allen Menschen, die mir bislang auf meiner Reise begegnet waren, schien mir der Mathematiker der Umgänglichste und Angenehmste.

Im Sternbild des Pfaus

Kurz nachdem ich das Sternbild der Südlichen Krone verlassen hatte, gelangte ich zur Ansammlung der Sterne, die in ihrer blassen Unscheinbarkeit den Pfau bildeten. Nur im Süden konnte man dieses Sternbild vollständig erkennen, im Norden war es gänzlich unbekannt.

Ich sah einen kugelförmigen Sternhaufen. Und hinter einem Schleier hörte ich eine Stimme, die mich zu rufen schien. Da entschloss ich mich, mein Fahrzeug anzuhalten. Möglicherweise konnte man mir hier weitere Informationen auf meiner Suche liefern. „Guten Tag. Ich bin Noah."

„Hallo, Noah." Nun nahm ich wahr, dass es die Stimme einer Frau war, die hinter ihrem Schleier sprach. „Ich spreche aus einer fremden Milchstraße zu dir. Wenn du mich genau anschaust, dann stellst du fest, dass ich ganz elegante Spiralarme habe. Daran kannst du sehen, dass ich immer für eine Überraschung gut bin."

Da dachte ich mir, dass es doch eine schöne Überraschung wäre, wenn die Frau meinen Freund kennen würde. „Hast du meinen Freund gesehen?"

„Wie heißt denn dein Freund?"

Jetzt musste ich stutzen. Tatsächlich kannte ich den Namen meines Freundes nicht. Da tat ich so, als habe ich die Frage nicht gehört.

Die verschleierte Frau antwortete: „Schließe deine Augen und träume. Dann wirst du deinen Freund finden."

Das sagte mir gar nicht zu. „Mein Freund ist aus Fleisch und Blut. Ein Traum kann ihn nicht ersetzen."

Ich hörte eine Enttäuschung in der Stimme der Frau. „Du hast es ja noch gar nicht versucht. Träume mit mir gemeinsam. Bleibe hier und leiste mir beim Träumen Gesellschaft."

Ich schüttelte den Kopf. „Ich habe ein Ziel. Kein Traum kann mir geben, was ich bei meinem Freund finden werde. Ich fahre weiter." Mit diesen Worten kehrte ich in meinen Großen Wagen zurück. Ein letzter Blick von mir fiel zurück. Selbst zum Abschied gab sich die Frau hinter dem Schleier nicht zu erkennen.

Der Oktant

Hier war alles so ganz anders als zuhause. In der Nähe des Südpols gab es keinen markanten Polarstern, um dessen Zentrum sich das Firmament drehte. Ein Gefühl der Ernüchterung trat bei mir ein. Wo war nun der Nadir? Irgendwo zwischen Centaurus und Phoenix musste er liegen. In der Einsamkeit des Ortes, an den ich gelangt war, nahm ich mit Freude eine Stimme wahr, die auf einmal zu mir sprach.

„Was suchst du hier in dieser Gegend?"

„Ich suche den Nadir – und ich suche meinen Freund."

„Ich bin dein Freund", antwortete die Stimme unmittelbar.

Doch ich zögerte. Die Stimme war mir nicht vertraut. Sollte ich tatsächlich am Ziel meiner Reise angekommen sein, dann müsste mir die Stimme schon das Ziel meiner Reise nennen. Nach kurzem Überlegen fragte ich nach: „Wo ist der Nadir?"

„Du bist am Zenit der südlichen Hemisphäre angekommen. Der Nadir, lieber Freund, liegt auf der anderen Seite der Erdkugel – am tiefsten Punkt unter uns."

Ich erschrak. „Wenn das wahr ist, dann wird es mir für immer unmöglich sein, den Nadir aufzufinden. Er wird von seinem angestammten Platz fliehen, wann immer ich versuche, mich ihm zu nähern. Denn der Nadir ist nun dort, wo für mich am Anfang der Reise noch der Zenit war."

„Das hast du richtig erkannt", erwiderte die fremde Stimme und schwieg danach.

Ich hatte gehofft, dass der Oktant mir eigentlich eine Hilfe sein sollte, mein Ziel zu erreichen. Doch nun wurde mir die Unmöglichkeit bewusst, meine Reise erfolgreich zu beenden. Ich fühlte mich erschöpft und an unbekanntem, fremdem Ufer gestrandet. Welche Freude, welchen Eifer, welche Lust hatte ich zum Anfang meiner Reise. Doch nun war all meine Begeisterung einer Ernüchterung gewichen. Der Nadir war eine flüchtige Sache. Weil ich mich gar so einsam fühlte, kroch ich in meinen Großen Wagen zurück und kauerte mich in eine Ecke des Gefährts. Wo sollte ich hin? Sollte ich als Geschlagener, als Verlorener in meine alte Heimat zurückkehren, aus der ich so hoffnungsvoll aufgebrochen war? Ich würde ohne eine Erkenntnis, ohne einen Gewinn, nachhause kommen, wenn ich jetzt umdrehte. Es war das erste Mal in meinem Leben, dass ich keinen Plan mehr hatte. Diese Einsicht fühlte sich fremd in mir an.

Der Totengräber

Als ich wieder aus meinem Wagen schaute, stand über mir eine glanzlose Sonne an einem fahlen Himmel. Vor mir lag eine Wüstenlandschaft, die mich nicht einlud, auch nur einen einzigen weiteren Schritt zu tun. Ich war verloren. Meine Sehnsucht zum Beginn meiner Reise war einem anderen Gefühl gewichen – der Einsamkeit. Hier war es menschenleer. Nicht einmal schlechte Menschen gab es hier. Mein Freund war eine Illusion. Ich habe ihn nicht angetroffen, nirgends, auch nicht hier, am Nadir – am Tiefpunkt der Welt. Es war mir unmöglich zu weinen. Zu tief war die Leere, die sich in mir ausbreitete.

Mit einem Mal entdeckte ich einen dunklen Punkt am Horizont. Er schien sich zu bewegen. Er wurde größer und größer. Und dann erkannte ich ihn – den Mann in einem wehenden schwarzen Gewand. Er lief geradewegs auf mich zu. Es dauerte sehr lange, bis er mich erreichte. Ich hatte jedes Gefühl für die Zeit verloren. Und ich konnte meinen Blick nicht von ihm abwenden.

Schließlich trat er an meinen Wagen heran. „Noah?"

„Ja?"

„Es ist so weit. Du kannst dich nun bei den Toten betten."

Ich konnte unter dem schwarzen Gewand und dem Umhang kein Gesicht erkennen. Da fragte ich den Mann: „Wer bist du?"

„Ich bin der Totengräber. Und deine Zeit ist gekommen. Mach deinen Frieden mit mir und stirb." Die Stimme des Manns war tief, finster und unerbittlich.

Tatsächlich fühlte ich, dass etwas in mir erstorben war. Ich fühlte mich so dumpf und taub, dass keine Angst in mir aufsteigen wollte. Ohne zu zögern verließ ich mein Gefährt und folgte dem Mann. Er führte mich zu einem rund zwei Meter tiefen Grab. Die ausgehobene Grube war so glanzlos wie der Himmel, unter dem wir standen. Es sollte eine Zeremonie ohne Blumen und Gebinde werden. Doch was ich sah, stand in Übereinstimmung mit meiner inneren Welt. Meine Zunge klebte durstig am Gaumen, und ich schmeckte die Fäulnis, die von diesem Ort ausging.

Ich war bereit. Da verließ mich der Totengräber.

Der Engel

Ganz unerwartet stand eine helle Gestalt vor mir. Ich wagte nicht, zu ihr aufzublicken. Doch ich hörte ihre ruhige Stimme: „Zieh deine Schuhe aus, denn der Boden auf den du jetzt kommst, ist heilig."

Ich war gehorsam, schnürte meine Schuhe auf und legte sie in meinem Wagen ab. Dann folgte ich der hellen Gestalt barfuß. Der Sand unter meinen Füßen war warm und weich. Und wie ich der Gestalt nachging, wandelte sich die Landschaft um mich herum. Auch der Himmel wirkte mit einem Mal anders, ohne dass ich das mit Worten hätte beschreiben können, was genau anders war.

Ich schaute mich um und war nicht gewahr, dass die helle Gestalt aus meinem Blick verschwunden war.

Die Oase

Vor mir lag ein wundervoller Palmenhain. Er war nicht weit entfernt. Ich fühlte, dass er erreichbar war. Schon allein der Anblick der Bäume weckte etwas in mir – und ich fühlte mich wieder atmen. Ich war mir sicher, dass es in der Oase auch Wasser gab, das meinen Durst stillen konnte. Meine Füße liefen Schritt für Schritt über den feinkörnigen Sand der Dünen. Den Palmenhain ließ ich nicht aus meinen Augen.

Da hörte ich auf einmal eine Stimme neben mir: „Dein Durst wird gestillt."

Ich wandte mich sofort um. Denn der Klang der Stimme war mir vertraut. Neben mir lief ein Mann in einem schlichten Kleid. Er blickte mir freundlich in meine Augen. Da fragte ich ihn: „Du weißt, dass ich durstig bin?"

„Ja, das weiß ich. Noch bevor du begonnen hast, mich zu suchen."

Nun gingen wir schweigsam Seite an Seite, bis wir die Oase erreichten. Am Eingang zu unserem Rastplatz sah ich grünes Gras unter den Palmen. Es war sehr angenehm für meine Füße, das weiche, kühle Gras zu betreten. Ich fühlte, dass es an diesem Ort an nichts fehlte.

Der Mann in dem schlichten Kleid lud mich ein, unter einer der Palmen Platz zu nehmen. „Du bist sicher nicht nur durstig, sondern du hast auch Hunger." In seinen Händen war ein Krug mit frischem Wasser und eine Holzschale mit Brot. Zuerst schenkte er mir aus dem Krug Wasser ein.

Ich trank. Und es fühlte sich lebendig in meinem Mund und in meiner Kehle an.

Dann teilte der Mann das Brot. Und wie er es teilte, war mir mit einem Mal klar, wen ich vor mir hatte: „Du bist mein Freund."

Er nickte. „Ja. Das bin ich."

Ich nahm von dem Brot und aß. Es war warm und knusprig in meinem Mund, und sein Geschmack war unvergleichlich gut. Nachdem ich die ersten Bissen gegessen hatte, fragte ich ihn. „Seit wann bist du mit mir?"

„Ich war schon das Licht, das du in dem Leib deiner Mutter wahrgenommen hast. Ich war auch der helle Schein in deinem Herzen, wenn du glücklich morgens aufgestanden bist. Ich war schon immer bei dir."

Da hielt ich inne. „Du warst auch der Gärtner im Sternwartepark..."

„Auch dort war ich mit dir. Nichts und niemand ersetzt die Begegnung mit mir. Ich bin wie alle Buchstaben in deinem Alphabet, die Kraft meiner Worte reicht vom A bis zum Z. Ich bin wie der erste Sonnenstrahl, der morgens in deine Augen trifft, und ich bin auch in der Dunkelheit der Nacht bei dir. Ich mache Licht aus der Finsternis."

Ich lächelte. Mein Freund war die Wirklichkeit, nach der ich suchte. Er war die Nähe, nach der mich verlangte. Und er war das Leben, nach dem sich mein Innerstes sehnte. Noch nie fühlte ich mich so geliebt und verstanden. „Es ist schön, mit dir zu sein. Du hast mich vor dem Totengräber gerettet. Nun sage mir auch noch deinen Namen."

„Du hast meinem Namen bereits genannt. Ich bin dein Retter. Mein Vater nennt mich Yeshua. Und ich habe noch viele weitere schöne Namen."

„Ich mag sie gern erfahren." – Noch immer waren das Brot und der Becher mit dem erfrischenden Wasser in meinen Händen.

„Ich bin der Fürst des Friedens. Mein Name ist Gottheld, Emanuel und Lamm Gottes. Ich bin das Licht der Welt, ich bin der Weg, die Wahrheit und das Leben. Mein Titel ist Guter Hirte, Auferstandener und Lebendiger. Und ich bin nicht nur dein Freund – ich bin auch der König der Könige und der Herr aller Herren." In seinem Blick war etwas Sanftes. Dann ermutigte er mich. „Es ist gut, wenn du direkt über mich liest und mein Wort studierst, um ein tieferes Verständnis dieser Namen und ihrer Bedeutungen zu erlangen."

„Bist du religiös?"

Mein Freund schüttelte den Kopf. „Ich sammle lauter unreligiöse Typen um mich, Menschen, die verstehen, dass sie mich brauchen, um gerettet zu sein. Und ich offenbare mich – so wie dir."

„Und was ist mit den Menschen, die dir nie begegnet sind?"

„Ich habe mein Gesetz in das Herz aller Menschen gelegt und in ihren Sinn geschrieben. Die Menschen sollen mein Volk sein, und ich will ihr Gott sein."

„Von welchem Gesetz sprichst du hier?"

„Ich spreche von dem Gesetz, das nicht auf äußere Steintafeln geschrieben ist, sondern das ich in das Herz und die Gedanken der Menschen gesät habe: Du sollst den Herrn, deinen Gott, lieben von ganzem Herzen, von ganzer Seele und ganzem Gemüt. Und du sollst deinen Nächsten lieben wie dich selbst."

„Ja. Ich sehe ein, dass dieses Gesetz gut ist." Wieder nahm ich einen Schluck Wasser und aß von dem Brot.

„Mein Wort ist in deinem Munde süßer als Honig."

Ich verstand. „Du willst damit sagen, dass du meine Zufriedenheit und meine Freude bist."

„Richtig. Und ich sage dir noch ein Wort. – Ich lebe, und du sollst auch leben. Die Welt sieht mich nicht mehr. Aber die, die mich suchen und die Suche nicht aufgeben, bis sie das Ziel erreicht haben, werden mich sehen."

Jetzt musste ich wieder lächeln. „Ich hätte nicht so lange suchen müssen, wenn ich schon im Sternwartepark auf dich gehört hätte."

„Ich freue mich, dass du nicht auf das Diktat der vielen Ratgeber gehört hast, die dir auf deinem Weg begegnet sind. Es ist gut, dass du nicht aufgegeben hast, bis du mich selbst gefunden hast."

„Und jetzt mache ich Rast mit dir in dieser wundervollen Oase." Ich schaute mich um. Die Blätter der Palmen über uns wiegten sich im Wind. Hier war es ruhig und friedlich. Ich spürte, wie auch mein Haar sich sanft im Wind bewegte.

Mein Freund sprach: „Und nach der Rast möchte ich mit dir zurück in dein bisheriges Leben. Ich will mit dir sein, wenn du lachst, wenn du denkst und sprichst und wenn du arbeitest. Mein Reich ist überall dort, wo ich mit meinen Freunden bin."

„Mein bisheriges Leben ist so alltäglich und unheilig. Es geht da nicht so herrlich zu, wie an diesem Ort." Ich presste die Lippen zusammen.

„Doch von nun an weißt du, dass ich mit dir bin – dort wo du lebst. Ich bin dein Trost und deine Hoffnung. Alles was du brauchst, schenke ich reichlich und mit Gnade. Du wirst nie mehr allein sein."

Rückkehr in den Sternwartepark

Ich schloss meine Augen. Als ich sie öffnete, war ich wieder im Sternwartepark. Es herrschte Abendstimmung. In einer Stunde würde die Sonne untergehen.

„Kann ich dir bei deiner Suche helfen?" Der Gärtner blickte mich gut gelaunt an.

„Ja. Gern", erwiderte ich. „Aber zuerst möchte ich dir noch helfen, deinen Baum zu pflanzen."

„Hier hast du meinen Spaten. Wir müssen das Pflanzloch für das Bäumchen noch etwas weiter und tiefer machen." Mein Freund gab mir sein Werkzeug.

Da grub ich die Stelle, an der wir den Baum pflanzen wollten, weiter und tiefer. Dann griffen wir gemeinsam den Stamm des kleinen Bäumchens und pflanzten es ein.

Heute war der letzte Tag meines alten Lebens. Alles war neu geworden – durch die Gegenwart meines Freundes. Ich blickte ihm direkt in die Augen. „Du bist auch jenseits meiner Suche, du bist auch jenseits des fernen Nadirs."

Mein Freund nickte mir zu. „Und ich bin auch jenseits deines Schmerzes und deiner Einsamkeit. Und nicht nur dort – ich bin auch diesseits deines Kummers und diesseits deines Allein-seins. Ich bin immer und überall... auch diesseits des Nadirs."

Rüdiger Marmulla:
Das Novellen-Quartett.
Berlin: Epubli, 2023
ISBN 978-3-757563-06-6

„Das Novellen-Quartett" ist eine Sammlung von vier Novellen, die von Schicksal, Sehnsucht, Liebe und Kunst erzählen. In „Westwärts leuchten die Sterne" begleiten wir einen jungen Mann auf seiner Heimkehr von der Ostfront zur Liebe seines Lebens. In „harmonia mundi" erleben wir das faszinierende Sternenzelt durch die Augen eines begabten Wissenschaftlers. In „Mit den Augen der Odile" tauchen wir in die wunderbare Welt des Mittelalters ein. Und in „Rückkehr nach Regensburg" kehrt ein Mann nach vielen Jahren in seine Heimatstadt zurück, um seiner Jugendliebe zu begegnen. Diese vier Novellen sind geprägt von spannenden Wendungen und lebendigen Charakteren. Sie laden uns ein, mit ihnen zu träumen, zu leiden, zu lieben und zu hoffen.

Rüdiger Marmulla:
In der Remise.
Berlin: Epubli, 2024
ISBN 978-3-758454-30-1

Dieser Band ist eine Sammlung von Short Stories. In „Der Abenteuer-garten" und „In der Remise" erleben wir Kurzgeschichten aus einer Frankfurter Schreibwerkstatt. In „Die Anatomie des Blumenkörbchens" begleiten wir einen jungen Medizinstudenten auf der Suche nach einer anatomischen Struktur, die in einem Leichnam nach dem Tod rasch flüchtig ist. Und in „Das Himmelsschiff auf Orientfahrt" nehmen wir an einer Fahrt des LZ 127 Graf Zeppelin über Ägypten und Palästina teil. Alle Geschichten verbindet miteinander ihre einzigartige Mischung aus Neugier, Wissen, Abenteuer und Entdeckung.

Rüdiger Marmulla:
Treffpunkt Donaustrudel.
Ein spätmittelalterliches Drama.
Berlin: Epubli, 2021
ISBN 978-3-753149-28-8

Junge Menschen im Strudel ihrer Gefühle zwischen Partner- und Berufs-
wahl. Messerscharf und doch sensibel zeigt der Autor eine mittelalterliche Gesellschaft in Regensburg, die Parallelen zur Gegenwart auf-
weist. Politische Entscheidungen greifen tief ins Privatleben der Menschen ein und machen es erforderlich, persönlich Stellung zu beziehen.
Zivilcourage, Freundschaft und Respekt vor der älteren Generation
inszeniert Rüdiger Marmulla meisterlich auf dieser kleinen Bühne. Fast
unbemerkt lernt man Geschichte und schärft den Gemeinsinn. Wie auch
in anderen Büchern des Autors entsteht eine Situation, in der es ohne
die vergebende Liebe durch Jesus Christus nicht weitergehen kann. Das
Buch nimmt uns mit an einen Ort, an dem der Autor selbst einen Teil
seines Lebens verbracht hat. Die schöne mittelalterliche und ge-
schichtsträchtige Stadt Regensburg ist Kulisse und gleichzeitig Kern-
stück einer Handlung, die auch unser Leben wiedergeben könnte.

Margit Helten, Karlsruhe

≡

Jeden Tag
neu erleben.

Meine kleine Buchmesse

Impulse für den Start in einen
wundervollen Tag.

ANDACHT TO GO

Ein Impuls für jeden neuen Tag.

BÜCHER

Bücher über die Liebe und das Leben.

HÖRBÜCHER

Gutes für die Ohren.

ISBN 978-3-7598-6784-1

www.epubli.com